Nach einer Gehirnverletzung, einem schweren Schädel- Hirn-Trauma, wie diese benannt wurde, legte man mir den medizinisch-neurologischen Rat nahe, mich in Schriftform der fliesenden Sprache wieder zu nähern. Auf dem Weg dorthin beschrieb ich mehrere Tagebücher. Eines davon schildert meine Reise in das mir unbekannte, schwarze Afrika.

Nach mehr als dreißig vergangenen Jahren lesen sich diese damals geschriebenen Zeilen, wie die Nachrichten eines rätselhaften doch mir sehr vertrauten alten Freundes. Hinterlassene Botschaften von meinem lieben Freund, der wie in Eigentherapie auf obskure und abenteuerliche Art, sich seiner Verrückt-heit auf selbst gewählter Weise wieder zu heilen versucht auf der Fahrt ins mysteriöse Afrika. Die Welt, wie aus einer anderen Perspektive betrachtet, denn alles Sehen ist ja perspektivisches Sehen und es weitet das Gesamtbild die Perspektive etwas zu verändern oder zu verrücken. Und es kann außerdem den Horizont erweitern, zu versuchen auf ihm balancieren zu wollen.

Danke Pauline, für Deine akribische Fehlersuche und Deine Forderungen nach klareren Formulierungen, wo ich glaubte, mir dazu die Worte fehlten.

Danke Alina, zu realisieren was mir zu kompliziert schien.

Peter Wittmeier

Afrikareisen

Adventure

Impressum

Bibliografische Information der Deutschen
Nationalbibliothek:
Die Deutsche Nationalbibliothek verzeichnet diese
Publikation in der Deutschen Nationalbibliografie; detaillierte
bibliografische Daten sind im Internet über http://dnb.dnb.de
abrufbar.

Herstellung und Verlag: BoD – Books on Demand,
Norderstedt

ISBN: 978-3-7543-3157-6

EINS

Plötzlich erschien es mir in meiner Welt grau zu werden und unerwartet wusste ich mit meiner Zeit nichts mehr schönes anzufangen.

Wieder einmal war der Hunger nach etwas Unvorstellbarem unerträglich, eine Abwechslung musste her.

Mir war als hätte die Lust auf Meer, Sonne und Sand, nach Grenzenlosem viel zu lange keine Chance mehr bekommen sich auszutoben.

Der TÜV meines alten Autos war bald abgelaufen, im Dezember. Dessen Zustand schloss ein lohnendes Erlangen einer TÜV-Palette aus. Jedenfalls nicht mehr in diesem Autoleben, und in dieser Hemisphäre, nicht in diesem technisch perfektionierten Teil der Welt.

Kürzlich hatte ich eine Arbeit abgebrochen. Eine schöne Arbeit, die jeder Schreiner gerne machen würde. Aber auch nur eine Arbeit, mit der für mich das Leben eher zu fristen war, von morgens bis abends, Tag aus, Tag ein und dann endlich das Wochenende.. Wieder raus aufs Land..

Trotzdem ich mich dazu entschlossen hatte, dem Ernst, dem

Ernst des Lebens eine Chance zu geben und es mit ihm aufzunehmen. Ich wollte dadurch eine Regelmäßigkeit in mein Leben einziehen lassen und in meiner Welt ein Gesellschaft-Konformes Streben nach dem einfachen Glück integrieren. Die Arbeit wäre der Motor dafür gewesen.

Aber dieses Leben in der Großstadt wollte mir bald nichts mehr geben, selbst in meiner Freizeit beschritt ich fest getrampelte Pfade. Ein ganzes Jahr hatte ich in dieser Stadt gelebt, um dann endlich aus ihr zu fliehen, wieder hinaus aufs Land. Um dort einer anderen Tätigkeit nachzugehen, wobei mir auch war, als verschwendete ich meine Lebenszeit in vollen Zügen und wieder mit Schaffner...

Dann war es ende Dezember, der TÜV des Autos abgelaufen, die Welt war wie eingefroren wie auch meine besagte Seelenwelt, wie meine ganze Lebensenergie es auch noch war dazu. Der Gedanke, den ich mir seit zwei Wochen aufhob und ihn mir in bunten Farben ausmalte: Ich stellte mir vor, mit der „alten Kiste" in den Süden zu Fahren, nach Afrika.

Durch Frankreich, Spanien, über Gibraltar nach Marokko, durch die Sahara ins „schwarze Afrika" wollte ich fahren. Dort würde ich auf gut Glück das Auto an den Mann bringen, und es dem verkaufen. Das brächte sogar einen vielfachen Erfolg mit sich:

In die Sonne käme ich dadurch. Das Auto, welches noch eine gute Grundsubstanz aufwies, konnte noch weiter benützt werden. Ein Afrikaner bekäme ein günstiges Auto und ich auch noch Geld dafür. Und fünftens: Mein ganzes Dilemma mit dem Reisefieber wären einmal auf weiteres beruhigt.

Ich kannte Leute, die zur selben Zeit auch auf dieser Tour waren, mit dem gleichen Plan. Nach Afrika fahren, und es dort verkaufen. Sie luden mich ein mit ihnen zu fahren, doch das wollte ich nicht, denn ich verabscheute schon immer diesen Gruppenzwang, der immer dann entsteht, wenn mehrere gemeinsam etwas tun und zusammen etwas unternehmen. Vielleicht konnte ich sie ja irgendwo unterwegs treffen, die schon des Öfteren nach Afrika fuhren, um den Afrikanern Autos zu bringen.

Während der Weihnachtsfeiertage fasste ich den Entschluss, noch vor Neujahr aufzubrechen. Vor dem Ablauf der Haltbarkeitsgrenze meines Autos, im Dezember, wollte ich Deutschland verlassen haben. Denn die TÜV-Plakette des Autos war außerhalb Deutschlands nicht mehr relevant. Auch wenn sie schon drei Monate überzogen war.

Auf Formalitäten wie Visa Einträge in den Reisepass, verzichtete ich, in einem Anflug von Leichtsinn. Das hätte mir den Reiz und die Abenteuerlust genommen, hätte meine Spontaneität verwässert. Außerdem wollte ich das nicht und konnte diese Abwicklungen nicht abwarten, die mir viel zu lange gedauert hätten.

Mit Hilfe eines Tisch Globusses recherchierte ich die kürzeste Strecke nach Senegal. Danach fährt man durch Frankreich, Spanien über Gibraltar nach Marokko. Auf dem afrikanischen Kontinent ginge es immer weiter nach Südwesten um genau zu sein. Dann würde ich durch Marrakesch fahren, dann nach Agadir, bald beginnt die Spanische Sahara. Anschließend überquere ich die Grenze nach Mauretanien, daraufhin könnte der Senegal leicht zu erreichen sein, und die Sahara wäre durchfahren! Ganz einfach! Südwest, war die Richtung. Überschlags mäßig hätte ich eine Distanz bis Dakar, mit 6000Km zu bewältigen! Mein Auto benötigte immer 9-10 Liter auf 100Km.

Demnach könnte ich mit 6oo Litern die Fahrt bestreiten. Also, musste ich 700,- DM, oder 800,-DM als Sprit Kosten einplanen. Eher weniger, mir war klar, ab Marokko wäre der Sprit billig und alles andere auch. Ich hatte 1500 DM, das sollte für mein Vorhaben ausreichen. Im Senegal würde ich

dann das Auto verkaufen, aus dem Erlös würde ich wieder zurückfliegen können. Und ich wusste, dass die Wüstenfahrer >Sandbleche<, in ihrer Ausrüstung mitführten, womit sie ihre Autos aus dem Sand befreien, wenn diese darin festgefahren sind. Diese werden als Luftlande-Bleche bezeichnet und konnten bei einem bestimmten Schrotthändler erstanden werden. Doch den kannte ich nicht. Und ich konnte auch niemand nach seiner Adresse fragen. Meine Afrika-Fahrer-Bekannten wussten wo dessen Niederlassung wäre, doch die waren schon losgefahren und über alle Berge. So beschloss ich anstatt dieser Bleche, einfach vier Bretter mitzunehmen. Zum Ausgraben braucht man auch eine Schaufel. Dafür hatte ich einer alten Schaufel den Stiel kürzer gemacht, damit sie im Fond des Autos besser unterzubringen war, bei den Sandbrettern. Damit werde ich mir schon zu helfen wissen, wenn ich ein Problem haben würde. Denn irgendwie geht's doch immer, irgendwie. Wenn man nur etwas hat um sich zu helfen. Mit diesem Prinzip, wird das Unmögliche möglich gemacht und aus widrigsten Umständen tritt Hervorragendes hervor. Für eine Wüstendurchquerung benötigt man unumstritten einen gewissen Wasservorrat. Darum packte ich einen Träger Brunnthaler ein. Dieses Wasser betrachtete ich als meine „Notfallversorgung", davon wollte ich erst trinken, wenn es unbedingt notwendig sein würde. Meine Proviantkiste füllte ich im „Edeka-Markt" mit Fisch- und Wurstkonserven, mit Pumpernickel-Brot und Butter, vier Kilogramm Äpfeln und Haferflocken auf.
Auf Orangen hatte ich verzichtet. Gemäß meiner Planung wäre in vier oder fünf Tagen der „Süden" erreicht, dort wo sie noch taufrisch und reif und saftig auf den Bäumen hingen.

Mit Selbstvertrauen ins Unbekannte…

Mit diesen Vorbereitungen, war die Planung für die Afrikareise für mich abgeschlossen. Und so saß ich im Auto und mir war klar, jetzt konnte ich losfahren und zwischen hier und Dakar wäre eine Menge an Erlebnissen, unbekannter Eindrücken und Situationen wie auf einer Perlenkette aufgereiht. Wartend, vorhanden für mich. Legte den Gang ein und fuhr los.

Als ich meine Ortschaft verlassen hatte, hörte ich einen lautes >Klick< in meinem Gehirn. Das war der Moment in dem dort ein Relais den Schalter umlegte, ab jetzt war ich ein Reisender. Noch dachte ich kurz über dieses Phänomen nach. Doch es stellte sich in mir schon der neue, mir alt bekannte Zustand ein, der überflüssiges Denken, wie eine lästige Marotte ablöste, durch die „Leere" die nur begnadete Reisende kennen. Dabei handelt es sich um leer zu sein wie ein trockener Schwamm, was ihm ermöglicht alles aufzusaugen. Beim wahren Reisenden, werden alle seine Poren gefüllt mit den Essenzen des Weiten und Freien. Im Zustand des nur noch Aufnehmens, des nur noch Seins zu sein. So sehen auch Vögel, Pferde oder andere Tiere, die weite Strecken zurücklegen, sich in abwechselnde neue Landschaften begeben, ihre Umwelt. Sagten mir diese Tiere einmal, in ihren wortlosen Sprachen, die ich nun wieder lernen will. Und so wie ein trockener Schwamm der Wasser aufsaugen kann, wird alles Wasser das er aufgenommen hat auch leicht wieder abgegeben. Beim wahren Reisenden sind diese Sinneseindrücke auch nicht von langer Dauer in seinem Gedächtnis gespeichert, sondern werden sofort von neuen ersetzt. Einmal sagte mir eine Freundin, sie hätte gelesen, ein echter Reisender wüsste oft nicht wohin er reise und manchmal auch nicht einmal, woher er komme, man nennt sie Landstreicher. Das passte nun gut zu mir, da mein Gedächtnis immer noch nicht richtig funktionierte, besonders meine meine Kurzzeit Merkfähigkeit. Noch ein kurzer Gedanke darüber, ob ich auch wirklich alles eingepackt hätte, was man auf so einer langen Reise benötigen könnte. „Geld, hatte ich genug, Reisepass-, Schlafsack, Klamotten.., und man kann eh nicht das alles dabei haben, was man meint zu brauchen". Dachte der Abenteurer und Freigeist, der parallele und zahm immer mit und in mir lebte und nun bereit war sich breit zu machen.

Denn diese andere Bewusstseinsebene, die alles vorsichtig durchdenkt, nur gehemmt sich allem Unbekannten nähert, ängstlich Fremdes betrachtet, die wurde einfach entlassen und aus meinem Urlaub verbannt.

Souverän der schöne Gedanke gedacht: „Es wird schon klappen".

In diese beruhigende Selbstsicherheit gebettet, bin ich auf die Autobahn gerollt. Ich war auf die Spur die mich nach Stuttgart bringt gefahren. Bald würde ich Karlsruhe erreicht haben, danach weiter nach Straßburg und dann wäre ich in Frankreich. Und der Abend dämmerte schon.

Nachts wollte ich in Frankreich noch etliche Kilometer fahren, denn wie schnell kommt man vorwärts wenn man nachts mit dem Auto reist. Bei diesem ruhigen, fast nicht vorhandenem Verkehr sind schnell weite Strecke zurückgelegt. Die Route von Straßburg nach Nancy kürzte ich über Nebenstraßen ab. Somit überquerte ich die Vogesen auf Schleichwegen. Auf vereisten und verschneiten Passstraßen, die mäandernd über Höhen und durch Täler für mich das gebirgige Land eroberten. Das Licht des Tages war schon gewichen und die Nacht über dem Gebirge hereingebrochen. Auf den frisch beschneiten Straßen fuhr ich zuerst noch zaghaft, denn die Winterreifen des Autos waren schon alt und abgefahren. Auf verschneiter Straße merkte ich, dass die Haftwirkung des Profils den

Straßenbedingungen nicht mehr 100%ig gewachsen war.
Doch der Frontantrieb, meines Nissan / Sunny glich diesen
Makel problemlos aus. Die Nacht war klar, die Luft rein,
weich und lau, es hatte frisch geschneit. Diese gereinigte
Nachtluft, genoss ich bei einem kurzen Pissstop.
Der Regen des Flachlandes gefror in den höheren Lagen der
Berge zu Schnee. Wie auf einer romantischen Ansichtskarte
aufgedruckt, so wirkte der durchquerte Winterwald auf
mich, Idyllisch und friedvoll.
Ich freute mich über die veränderte Straßenbedingungen und
driftete das Auto um Haarnadel- Kehren.
War ich doch auf dem Weg nach Dakar. Waren nicht auf
diesem Rallye-Kurs zuerst diese verschneiten Bergpassagen
zu absolvieren? – Richtig.
„Rallye Paris-Dakar.., jawohl, dieser talentierte Außenseiter,
übernimmt die Führung".
Die wenigen Fahrzeuge, die noch unterwegs waren,
überholte ich immer mit viel Schwung. Man hätte sagen
können, ich fuhr mich in Rage. Und weil Unglücke, sind doch
nur den Unglücklichen vorbehalten.., hätte ich vielleicht
gedacht, wenn ich noch etwas gedacht hätte.
Doch irgendwann machte es >Poff< und der Fahrzeug-
Innenraum hatte sich schlagartig mit Dampf gefüllt. Mit
meinen Augen war es unmöglich, außer Grau noch irgend
etwas anderes zu erkennen.
Einmal driftete das Auto nach links, noch einmal nach rechts,
dann konnte ich es auf nur noch zu erahnender Straße zum
Stehen bringen. Den Motor stellte ich sofort ab, um noch
größere Schäden zu vermeiden.
Im Licht meiner schwach glimmenden Taschenlampe, weil
die Batterien schon lange ausgelutscht waren, die ich
trotzdem vorsorglich mitgenommen hatte. In ihrem gelb-rot
glimmenden Schein öffnete ich die Motorhaube, um mir ein

Bild des Schadens zu machen. Ich erwartete einen geborstenen, wie nach einer Detonation, gesprengten Motor zu sehen. Als wäre ein zischender Dampf-Geysir in seiner Ruhe gestört worden. Das Auto war zu einer aus vergangenen Zeiten, rauchenden, qualmenden, vor sich hin fauchenden und blubbernden Dampf Lokomotive geworden. „Vorsicht mit dem Kühlerverschluss, nix übereilt unternehmen", dachte ich mir. Vor Unfällen, die starke Verbrennungen mit sich zogen, im Voraus gewarnt, zurückliegend, einmal in der Vergangenheit.

Von den daraus folgenden hochgradigen Gesichts- und Handverbrennungen hat jeder schon gehört. Von Leuten die in diesen oder ähnlichen Situationen, in ihrer Panik einen unter Druck stehenden Autokühler öffneten.

Mit dem großen Lammfell, über den ganzen Kühler und den Motor geworfen, das meinen Fahrersitz polsterte, wollte ich diese Absicht ausführen.

Denn mir war klar, dass der Motor blockieren und sich nicht mehr bewegen lassen würde, wenn er jetzt einfach nur auskühlte. Wenn ich nicht schnell handelte würden sich die Kolben und Lager verklemmen. „Und mein schöner Plan ist gescheitert!" Den Kühlerverschluss öffnete ich mittels des Schaffelles, für den Fahrersitz, das für Sitzkomfort sorgen sollte, dieses jetzt als Verbrennungsschutz für die Hände und Arme umgewandelt. Denn, der Kühler stand unter hohem Druck, das war mir klar. Als hätte ich in einen nach oben tosenden, kochenden Wasserfall hinein gegriffen, so wurde mein Arm samt Schafsfell nach oben geschleudert, als ich am Kühlerverschluss ein wenig drehte. Kochend heiße Flüssigkeit presste sich aus der Öffnung und presste sich in mein weiches Schafsfell.

Auf jeden Fall würde ich eine nasse Hose bekommen, wollte ich weiterhin mit dem Fell den Sitz polstern, dachte ich in dem Moment gezwungenermaßen diesen ersten Gedanken, jedenfalls schon mit Optimismus getüncht, oder gefärbt. Dann hatte sich das Chaos normalisiert.

Mit dem Inhalt von vier Flaschen Mineralwasser, füllte ich das Kühler Niveau wieder auf. Eile war angesagt. Als der Anlasser den Motor starten sollte, konnte ich nur das Klicken des Starterrelais hören. „War mir schon klar, der Motor blockierte, welch eine Sch...".

Mit eingelegtem viertem oder fünftem Gang schob ich jetzt das Auto vor und zurück, immer bis die Bremswirkung der Kolben einsetzte. Nach mehrmaligen hin- und herschieben, meinte ich dass sich im Motor vielleicht etwas bewegt hatte. Als ich anschließend den Zündschlüssel drehte, sprang der Motor auch an.

Stimmt, der Ölstand des Motors, den hatte ich kontrolliert, doch der Kühlwasserstand, den hatte ich einfach ignoriert! Mir fiel auch wieder ein, dass die Heizung des Wagens schon seit etlicher Zeit nicht mehr richtig funktionierte. Logisch, wenn zu wenig Wasser im Kühler ist, fehlt es auch daran dass, das warmes Wasser in den Heizungskreislauf gepumpt werden kann. Diese Feststellung, wollte ich mir für alle Zeiten merken.

Hoffentlich hat der Motor keinen Schaden genommen. Denn die Zylinderkopf- Dichtung, die ist sehr anfällig bei Überhitzung und geht sehr schnell kaputt.

Trotzdem, beruhigte mich der wieder arbeitenden Motor. Dann setzte ich mich ins Auto und fuhr weiter. Das Gefühl ein Rallye Fahrer zu sein auf dem Weg nach Dakar, war mir nach diesem Desaster vergangen. Diesen Zustand wollte ich auch in Zukunft vermeiden.

Nach etwa dreißig Kilometer zeigte die Kühlwasser-Armatur pflichtgemäß den Notfall an, als eine überhöhte Motor Temperatur. Klarer Fall, deren aufleuchten zeigte deutlich, die Zylinderkopf- Dichtung war hin.

Eine weitere Flasche Brunnthaler Mineralwasser hatte ausgereicht den Kühlwasserpegel zu begleichen. Dieses alle dreißig Kilometer den Kühler wieder auffüllen, wird meine Fortbewegung die nächsten sechs Tausend Kilometer bestimmen. Eigentlich sogar bis nach Dakar, dort würde ich den Schaden reparieren lassen, bevor ich das Auto dann verkaufen konnte. Doch noch kurzzeitig, von Sevilla bis Dakhlar in Süd- Marokko, werde ich noch mal zwei tausend Kilometer davor verschont sein und mich fast gerettet fühlen können. Die Nacht war fortgeschritten und mir war nach weiterfahren. So fuhr ich weiter, bis ich irgendwann an einer Tankstelle anhielt, mit fast leerem Tank. Dort fand ich einen ruhigen Parkplatz und schlief auf dem Fahrersitz. So wie ich es in Zukunft vorhatte, werde ich von jetzt ab im Auto schlafen. Das hatte ich, um weniger Interesse zu erregen zwischen anderen geparkten Automobilen abgestellt.

Übermüdet hatte ich mich in den Schlafsack eingewickelt, dort fand ich hintern Lenkrad, meine verdiente Nachtruhe.

In dieser Nacht, hatte ich noch den Inhalt aus weiteren drei Wasserflaschen in den Kühler geleert.

Vorm Einschlafen, sinnierte ich noch, wie sollte ich entscheiden? Zurückfahren? Oder mit kaputter Zylinderkopf- Dichtung weitermachen und auf eine gute Gelegenheit warten…? Und die Idee, oder Möglichkeit abwarten, die mir weiterhelfen wird. Ich entschied, bereits im Halbschlaf, in den ich gleich sank, ich werde weiterfahren…!

Denn wie traurig wirkt ein voller Elan Aufgebrochener, der dann enttäuscht und gescheitert zurückkehrt, auf seine Umgebung. Und vor allem auf sich selbst.

In der Nacht hatte es sich gezeigt: „Der Motor hatte Schaden genommen"

Voller Freude und Tatendrang wachte ich, am nächsten Morgen auf. Mir fiel dann ein, wie in der letzten Nacht der Motor blockierte. Doch der Gedanke nach Afrika zu kommen, überlagerte jeden Pessimismus. Im Süden, in der Sonne mich zu befinden und die vielen seltsamen Begebenheiten die mir bis dahin noch widerfahren können, erweckten meine Neugierde. Diese Neugierde wiederum festigte meinen Entschluss nicht so einfach aufzugeben. Und vor allem: Wenn du meinst es geht nicht mehr, kommt doch von irgendwo immer dieses eine, dieses goldene Lichtlein her. Und ich konnte es erwarten, dieses goldene Lichtlein. Auch wollte ich mir alle die anderen Kalamitäten nicht entgehen lassen welche mich bis zum Auftreten des einen oder der anderen goldenen Lichtlein noch widerfahren würden.

Morgens, füllte ich die sieben leeren Wasserflaschen an einem Wasserhahn auf, die ich in der Nacht verbraucht hatte und füllte auch den Tank an der Tankstelle wieder voll. In der letzten Nacht fuhr ich eine weite Stecke in das Land hinein und war bereits durch Dijon hindurch gefahren.

Dann ging ich in das der Tankstelle angeschlossene Bistro und trank einen Grande Café au lait, und aß dazu noch zwei Croissant.

In der Nacht hatte sich gezeigt, dass mein Auto viel Wasser benötigte. Und alle 30-40 Km musste ich mit einer ganzen 0,75l- Flasche das Kühlwasser- Niveau nachfüllen. Jedoch war mir auch klar, dass kein Wasser in den mechanischen Teil des Motors eindrang. In den Teil, in welchem sich das

Motoröl befindet. Denn sonst wäre das durch weiße, schleimige Sulze oder Schaum an der Innenseite des Öldeckels zu sehen gewesen. Das Kühlwasser drang nur in die Brennkammern des Motors ein und wurde über den Auspuff, als Dampf wieder entlassen. Da hab ich ja noch mal Glück im Unglück gehabt. Dachte ich mir, fast amüsiert. Auch belächelte ich fast schon mein ganzes Vorhaben, im nüchternen Licht besehen.

Gerade einmal 600Km gefahren und schon mit einem beleidigten Motor unterwegs zu sein. So ein Motor, kann ganz schön nachtragend sein. Schlimmer noch wie manche Frauen oder Männer. Noch einmal 1000 Km durch Frankreich werde ich fahren müssen und durch Spanien würden es auch noch einmal 1500Km zu fahren sein. Dann noch einmal 2000Km durch Marokko und alles mit einem kaputtem Motor, der Wasser säuft wie ein Ochse. Durch die Wüste? Wer hat schon gehört, einer fuhr mit kaputtem Motor durch die Sahara. Na ja, es wird allerhöchste Zeit dass das einer macht, entschied ich absolut optimistisch.

Weitermachen, denn die Sahara wird endlich mit einem durstigen Ochsen durchquert.

Manche machen eine Reise und alles ist bis ins letzte Detail von ihnen durch gedacht und durchorganisiert, auf jede Eventualität sind sie vorbereitet. So bin ich nicht, so könnte ich aber auch sein. Aber das möchte ich nicht, ich möchte nicht auch so ein „Planer" sein. Von denen gab es doch schon immer mehr als genug.

Als ausgemachter >Improvisierer<, erschien mir diese Beflissenheit die manche Menschen an den Tag legen als langweilig. Ja, spießig und dazu als altbacken, da fehlte mir der Spielraum fürs Experimentelle. Denn in meinem Leben hat sich schon so oft gezeigt, wenn Du ein Problem hast, wird dir geholfen. Nicht dass ich immer ein fauler Schmarotzer wäre, der sich nur auf andere verlässt. Liebend gerne, helfe ich auch den Anderen. Aus gegenseitigem Helfen, entstanden oft schöne lang anhaltende Freundschaften. Denn eine Freundschaft ist wie ein Baum, um so karger die Bedingungen seines Wachsens sind, desto wertvoller und härter wird doch sein Holz werden.

Und geholfen haben mir doch auch immer meine zündenden Ideen. Egal, es war schon so wie ich mich damit abzufinden hatte. Dann trank ich noch schnell aber mit Genuss einen „Petit Café" und brauste wieder los, auf zu neuen Abenteuern. Und ich mochte es schon immer, in Frankreich zu sein und dieses Land zu bereisen. Hier ist für mich alles mit diesem Charme überzogen, man spürt überall dieses ‚'leben und leben lassen'.

Nicht einmal einen französischen Sprachführer hatte ich mitgenommen, obwohl mir klar war, die reden nur Französisch. Die paar Brocken Französisch, die ich einmal gewusst hatte, hatte ich längst schon wieder vergessen. Macht auch nichts, ich werde ja bald in Spanien sein und Frankreich war ein schönes Durchreiseland. Denn auf dem Weg ins dunkle Afrika war ich doch.

Nachdem ich einen ganzen Tag mit fahren, noch einmal tanken und bestimmt zwanzig mal Kühlwasser auffüllen verbracht hatte, war mir absolut klar, die Zylinderkopf-Dichtung war wirklich hin. Wenn ich „schonend" fuhr, das hieß, nicht schneller als 80 Km/h, musste ich alle 30-40Km Wasser nachfüllen. War ich mit 100Km/h unterwegs, musste ich bereits nach 10 -15 Km den Kühlwasserpegel sanieren. Wenn ich stark Gas gab, war im Rückspiegel regelrecht weißer, dampfartiger Auspuffqualm erkennbar_ Nebelschwaden… An diesem 2.Tag der Afrikatour hatte ich trotz X-maligem Halten und Wasser nachfüllen eine gewaltige Strecke zurückgelegt. Den ganzen Tag, vom frühen

Morgen bis in die späte Nacht, war ich nur gefahren und hatte immer wieder Wasser in den Kühler nachgefüllt. Ich hatte 9oo Km oder 1000 Km auf kurvig gelegter Landstraße, diagonal das Land durchquert. Von Ost nach Süd-West, von Dijon bis an den Atlantik, nach Biarriz, war ich gekommen.

Da das Meer unendlich groß erscheint, drum wäscht es alle Weinerlichkeiten weg, wie nichts

 Mitten in der Nacht, um 3:00 Uhr Morgens, traf ich in Biarritz ein. Fand abseits der Innenstadt einen Parkplatz. Es war der Parkplatz eines Hotels, mit Aussicht auf den Atlantik. Mit den entfernten Donnern, sich brechender Wellen, bekundete das Meer seine Anwesenheit. Die Sehnsucht nach dem Meer und seinem Salzwasser, war in dem Moment so unerträglich, dass ich nicht im Auto sitzen und schlafen konnte. Erst wollte ich ans Meer gehen, darin waten, mich bewegen, ein wenig am Strand spazieren.
Die Luft war mild und fast wie in einer Sommernacht, nach meinem empfinden. Es roch nach Salz, Tang und Fisch. So empfing es mich, mit meinen steifen Gliedern und mit meinem tauben Hirn. Nach 35 Stunden im Auto sitzen und immer nur fahren und ich fühlte mich danach, wie um dieser Anzahl an Jahren gealtert. Schwer, mit Blei gefüllten Taschen, kroch ich aus dem Verschlag meines Autos. Dieser Vorgang war so schwerfällig, wie es alle Glieder an mir auch waren. Im kühlen Sand zog ich meine Schuhe und Socken aus, krempelte meine Hosenbeine hoch und watete in die auf den Strand hinauf rollende Brandung. Die Brise des Meeres bemühte sich mir meine Taubheit weg zu blasen und damit die kalte Asche von Gestern und das frische Wasser belebte meinen Körper. Die klare Nacht beleuchtete mir die wunderbarste Panorama-Landschaft, mit am Strand

kochendem Meer, im Mondlicht. Allein, für diesen sinnlichen Moment, haben sich alle Anstrengungen gelohnt und wenn ich nicht nach Afrika käme, so werde ich diesen Moment mir gerne aufbewahren.

Und zudem mir war klar, das war jetzt die erste schöne Nacht von noch vielen anderen, die noch kommen werden. Denn jetzt war ich schon im Süden und auf dem Weg ins geheimnisvolle Afrika, wird es immer lebendiger werden bis dahin. Den ewigen Sommer, den würde ich mir holen.

Ich watete soweit ins Salzwasser hinein bis die hochgekrempelten Hosenbeine nass wurden. Im dunklen Meer laufen und den Wellen ausweichen, freudig begrüßte mich das Meer. Und begrüßte mich so, als hätte es voller Sehnsucht auf mich warten müssen. Fast wie ein übermütiger Hund, der mich lange nicht gesehen hatte, sprang es mich an und an mir hinauf und machte mich nass mit seinem Meerwasser-Gesapper. Der Strand, das Meer alles war in rätselhaftes Mondlicht gehüllt.

Das war der Moment, als meine Traumzeit anfing zu beginnen. Diese Zeit in der die Kraft der Vorstellung so stark wird, eine eigene Realität, man könnte fast meinen dass sie Dinge und Lebewesen erschaffen kann. Und alles wird dann so sein, wie es in Gedanken vorbereitet wurde. Das können die Aborigines und ich und alle anderen auch, die es versuchen und sich dafür auf den Weg machen. Dann ging ich zurück zum Auto, um darin zu schlafen.

Wieder war da ein phantastischer Morgen, in Frankreich roch es immer und überall morgens nach Kaffee, Gauloises und cross gebackenen, frischen Croissant. Dieser köstlich, heimelige Geruchsmischung entströmte den gedrängt besuchten Bistros, in denen Leute verweilten, bevor sie mit der Arbeit des Tages begannen. Kaffee tranken, rauchten, aßen und oft das Konsumierte noch mit einem kleinen

Weißwein abrundeten. Dazu wurde laut geredet und auch richtig laut gelacht. So kannte ich Frankreich einmal und wie gern hatte ich diese Stimmung.

Da stellt man sich mit dazu an die Theke, keiner schaute dich fragend an: Was bist denn du für einer, du gehörst doch gar nicht zu uns.

Da stand man mit an der Theke, als würde man schon immer morgens mit dabei gestanden haben.

Dahin wurde ich gezogen, dieses Verlangen kennen nur die, die das Flair einer richtigen Franzosen Kneipe, in der Frühe, um 7:00 Uhr schon einmal inhalierten, so als wäre es der Odem einer neuen Lebendigkeit.

Ich ging in das Bistro, welches zu dem Hotel gehörte, auf dessen Parkplatz ich die Nacht verbrachte.

Dieses Hotel, eines der Wahrzeichen von Biarriz, vielleicht im „Franko-Neo-Klassizistischem- Baustiel" erbaut? Dieses kleine Schloss, mit seinen Türmchen und Erkern. Jeder kennt es und hat schon die pittoreske Verträumtheit dieses Gemäuers bewundert, der in Biarriz in der Gascogne war.

Das da fast am Strand steht und aufs Meer hinausschaut, den Anschein gibt ein verwunschenes Märchenschloss aus einer unheimlichen Geschichte, oder eine düstere Piratenburg zu sein.

So wie ich es erwartete, so hatte mich Frankreich dann aufgenommen

Und da um diese Jahreszeit wenig Touristen sich am Meer befanden und um diese Tageszeit waren die wenigen Urlauber auch noch im Bett. Das Cafè war nur mit Strand-piraten bevölkert, alle im Rentneralter und weit darüber hinaus. Jedoch herrschte darin eine Stimmung wie im

Kindergarten, kurz vorm Ausflug in eine Lutscherfabrik.
Und vier oder fünf Opi,s saßen auf Hockern und standen an
der Theke der Bar. Sie kleideten sich, wie man Leute die am
Meer wohnen und dort arbeiten sich vorstellt. Mancher
kleidete sich in wetterfestem Parker oder mit dickem Pullover
und den Regenmantel nicht abgelegt. Jeder hatte eine
Bedeckung, eine gestrickte Wollmütze, oder eine
Baskenmütze, oder eine Schirmmütze aus Filzstoff auf dem
Kopf. Und alle hatten sie Gummistiefel an.
Sie tranken Café und Wein, manche genehmigten sich auch
schon einen Pernod. Man versucht nicht einmal, den
Anschein zu wahren ein Vorbild für die Jugend sein zu
wollen. Und dieser Tag war ein Samstag, sowie für diese
alten Haudegen alle Tage als Samstage zu betrachten wären.
Diese „Don Juan" aus alten Tagen, umlagerten die Bedienung
die hinter der Theke stand. Man hatte den Eindruck, jeder
Opa wollte im Mittelpunkt stehen. Es machte den Anschein
als rangen sie um die Aufmerksamkeit dieses auch schon in
die Jahre gekommenen älteren Mädchens.
Als sie mich, da ich mich fast am anderen Ende der Theke,
am Eingang platzierte, bemerkt hatte kam sie auf mich zu.
Beim Verlassen dieser fidelen Schar gab sie noch eine
abschließende Bemerkung amüsiert zum Besten. Aus dem
Tonfall und wie das Gesagte auf die Gruppe wirkte, hatte ich
den Eindruck, als spräche sie das ungebührliche Verhalten
dieser alten Schwerenöter an.
Mit einem süßem Lächeln und geröteten Wangen, fragte sie
mich nach meinem Wunsch. Gleich bemerkte sie, als
Touristen-Kennerin, meine mangelnde Kenntnis der
französischen Sprache und zählte Posten aus ihrem Angebot
auf: „Tu voudrais une.., ich verstand nur, grande Café au
Lait, Croissant, Sandwich, Tee, Omelette ? »
Alles lecker! Und ich genoss mein geliebtes, frisches, saftiges

Croissant, ganz Butter fettig triefend. Ich hätte gerne diese Stimmung dort noch länger genossen, doch mich zog es weiter. Es war die Landstraße, die schon wieder an mir zog, wie ein feuriges Pferd. Spanien, San Sebastian war mein nächstes Ziel.

Das spanische Baskenland machte mich neugierig. Auf dieser Reise war für mich alles neu, die Landschaft, das Essen. Auch die Kleinigkeiten, wie die andersfarbige Mittelstreifen-Markierung. Nachdem ich diese Dinge sah, hatte ich ein Aha-Gefühl, und sie schienen mir wieder vertraut. Durch diese Erinnerungsprozesse öffneten immer wieder andere Synapsen ihre Tore neu in meinem Hirn. Ein neues Leben, in einer neue zu lebenden Ewigkeit, das mir frisch installiert worden ist. Oder als wäre mir das Leben, das ich einmal gelebt hatte, durch ein anderes ausgetauscht worden. Oder als wäre mein Ich, das ich einmal war, ausgetauscht worden. Ich besuchte dieses fremde Land, das mir aus nebligen Erinnerungen als bekannt erschien, weil bestimmte Orte dieses seltsame Dejavue erzeugten. Aus einer Zeit jenseits der Schädelbrüche, der Amnesien, der Depressionen und der Ängste.

Zu dieser Zeit war mir der Motorradunfall, dem ich fast erlag, und die gesundheitlichen Folgen davon, noch sehr nahe. Und ich musste mich mit den Auswirkungen immer wieder auseinandersetzen. Denn ohne Arbeit an der Heilung ist eine Genesung in ferne Zukunft gerückt. Bis dahin ist alles verloren und nichts gewonnen. Wie es sich zeigen wird, werde ich auf dieser Reise mit diesem „In trüber Vergangenheit fischen", endgültig abschließen. Den Reisen ist die beste Medizin.

Ich hatte den Plan, im Hafen von San Sebastian, wo die vielen Angel- und Schiffsausrüstungs- Läden zu finden sind, mir einen Kompass zu kaufen. Denn wenn einer in die Wüste fährt, sollte er wenigstens die Himmelsrichtung kennen für die er sich entscheidet.

Auf dem Weg dorthin musste ich noch einmal anhalten und das Kühlerwasser auffüllen. Schätzungsweise war das auf halber Strecke, also betrug die Entfernung von Biarritz nach San Sebastian wohl 60 - 80 Km!? Anhand meiner Nachfüll Aktionen, konnte ich Zwischenzeitlich recht gut Entfernungen abschätzen.

Mir machte es nichts mehr aus, alle 30 km anzuhalten und Wasser nachzufüllen. Es wurde mir zur Routine, wie es Routine ist, zu tanken wenn der Sprit alle ist. Wenn das Auto Benzin benötigte, füllte ich auch alle leeren Mineralwasser-Flaschen wieder auf. Mit dem Flaschen- Kontingent von sieben nach füll- Flaschen wollte ich auskommen und keine neue Flaschen des Mineralwassers in den Motor schütten. Denn dieses war für meine Bedürfnisse bestimmt und nicht für den Kühlwasser- Konsum des Motors.

San Sebastian, kannte ich von früheren Besuchen. Ortskundig, hatte ich bald einen Laden mit maritimen Zubehör gefunden. Dort kaufte ich für wenig Geld, einen kleinen blauen Plastikkompass. Damit fühlte ich mich sicher und gut ausgerüstet für die Wüstendurchquerung. Dann stromerte ich neugierig durch den am Hafen gelegenen Teil der Altstadt. Aß in einem aus vergangenen Zeiten übrig gebliebenen kleinen Restaurant. Die gegrillten Sardinen hatten sie vorzüglich gebrutzelt und mit leicht senfscharfem, Olivenöl duftenden gewürzten Salat, auf einem alten, rauen und dickwandigen Porzellan-Teller serviert. Solch delikaten Fisch bekommt man nur am Hafen wirklich frisch serviert. Auch achte man darauf, dass diese Lokale in denen man künftig speisen wird, von den Orts-Ansässigen aufgesucht werden. Denn Fischer, Marktleute und Rentner essen nur dort, wo der Fisch frisch, gut und günstig zu bekommen ist.

Touristen werden vorzugsweise mit speziellen, exklusiven Touristenspeisen abgespeist. Auf größeren Tellern werden ihre Speisen verteilt und sind bunter garniert. Jedoch wird das Essen, für ihre empfindlichen Mägen und sensiblen Gaumen nicht so schmackhaft zubereitet. Oder aus Bequemlichkeit, weil in Touristen-Restaurants die Meinung vorherrscht, „die würden es eh' nicht verstehen". Was vielleicht auch so stimmt.

Nach dem Essen war mir klar, wie sehr wohl ich mich fühlte

Nicht einmal der Gedanke an mein desolates Auto konnte mich erschrecken. Denn, wie wohl fühlt sich der, der vollkommen einverstanden ist, wie eine Veränderung sein neues Leben bunter aussehen lässt. Daraufhin steuerte ich Bilbao an, um von dort, auf der Autobahn die Pyrenäen zu überqueren. _Wunderbare Bergwelt, ihr und die Alpen, aufgeworfen durch den Zusammenprall der Afrikanischen Platte mit der Europäischen Platte. Beide Gebirgsketten sind die Knautschzonen und Faltungen eines gigantischen Auffahrunfalls. Der ist noch nicht abgeschlossen, die Afrikaner kommen. Sie kommen gleich mit ihrem ganzen Kontinent angefahren. In geologisch kurzer Zeit gehören sie zu Europa, oder die Europäer zu Afrika. Denn sie kommen in der Geschwindigkeit, so schnell wie ein Haar wächst, angefahren. So wurde es mir einmal beigebracht, mir erschien jedoch diese Geschwindigkeit von Anfang an als übertrieben. Dank der Kontinental Driftung, werden die Wege nach Afrika immer kürzer. Werden die Afrikaner, dann auch eine helle Hautfarbe bekommen, und die Elefanten, Nashörner und Löwen, wieder ein langes, dichtes Fell, wie sie es in der Eiszeit schon einmal hatten? Stellte sich mir plötzlich dieser Fragenkomplex. Und ich liebte es, mir meine absurden

Fragen zu stellen, sie zu philosophieren und mir die Welt damit zu erklären. Machten diese Gehirnverletzungen mich zum Philosophen? Muss man erst verrückt geworden sein damit man beginnen darf die Welt und ihre Gesetze als austauschbar und unwichtig zu erkennen? Sowie alles was von Menschen geschaffen wurde vergänglich ist. Ebenso wie die Moden, selbst die Moral wird immer wieder anders ausgelegt, was hier richtig ist ist dort peinlich. Was dort als Anstand gelobt wird, wird woanders als kriecherisch und devot verachtet.

Die Autobahn war Mautpflichtig. Aber meine Befürchtung war, es könnte auf der mautfreien Passstraße noch Schnee liegen, es war ja Dezember. Da es seit meinem Start, bis an das Meer fast durchgehend geregnet und genieselt hatte, darum war ich mir sicher, dass in den Hochlagen des Gebirges der Niederschlag als Schnee niedergegangen war. Diese Serpentinen Straße kannte ich von einer früheren Pyrenäen Überquerung und in meiner Erinnerung wusste ich, wie steil sie manchmal war. Den abgefahrenen Winterreifen schenkte ich nicht das Vertrauen, mit dem dort möglichen Schnee und Eisbelag fertig zu werden.

In den höheren Lagen der Berge, wo ich wieder einmal am Pannenstreifen hielt, um Wasser nachzufüllen, wurde ich auch mit der wunderbaren Aussicht auf eine schneebedeckte Landschaft empfangen, alles war weiß, mit Schnee gezuckert. Und auch die Landstraße, die ich von meinem Aussichtspunkt aus sah, war mit Schnee bedeckt, aber geräumt. Meine Entscheidung war somit wohl richtig, mittels Autobahn das Gebirge zu überqueren. Somit hatte ich den leichten Weg gewählt. Nach dem Gebirge fuhr ich weiter Richtung Burgos. Man ist fast dazu gezwungen, für die Strecke von Bilbao nach Madrid, mautpflichtig die Autobahn zu benützen, will man nicht langsam durch dieses Labyrinth von kleinen Nebenstraßen tuckern. Die kleinen Straßen werden zu einem Geflecht, das alle Ortschaften verbindet. Jedoch stellte sich die Autobahn- Benutzung als preiswerter heraus, als in Frankreich. Ab Burgos würde ich die Nationalstraßen wieder benutzen, denn ab Burgos erschien mir die Wegführung übersichtlicher. Das glaubte ich aus der Karte entnehmen zu können.

Von den Bergen herausgefahren, empfing mich die karge, trostlose, hügelige Landschaft Kastiliens. Im Nebel und Schnee-Regen wirkte sie auf mich, irgendwie traurig. Begrüßte mich das sonst so trockene Spanien, wie ich es kannte, so als wäre es jetzt wie Irland im Winter. Keine Sonne, sondern nass glänzende Ackerscholle. Dieses fruchtbare Land, wird als die Kornkammer Spaniens angesehen. Im Sommer zogen sich über diese geschwungenen Hügel und durch diese weiten Ebenen goldene Getreidefelder so weit das Auge reicht. Man durchfährt dann stundenlang eine einzige geschlossene, monotone Weizenplantage. Vielleicht wie in Amerika, oder Kanada und in Russland und in der Ukraine. Sterile Monokulturen, geplant in rationellem und Natur- verlorenem Ordnungssinn. Um mit Maschinen, breit wie Häuser das Land zu bestellen. Werden die Felder dann abgeerntet und gepflügt, ändert sich das Landschaftsbild sofort. Wie auf dem Mond, sieht es dann aus. Als hätte eine Atombombe eingeschlagen, alle Vegetation ist dann wie ausgelöscht. Jetzt im Winter, denkt man, als wäre mit einem riesigen Feuerwehrschlauch das ganze Land ausgespült worden. War das Ackerland an einem Hügel angelegt, sah ich breite und tiefe Rinnen im Boden, vom Regen ausgewaschen.

Die Erosion, die dieses Land auswäscht war unübersehbar. Auch als Nicht-Landwirt sah ich an diesen Merkmalen, wie zerstörerisch diese Form der ausbeuterischen Landwirtschaft sich auf die Natur auswirkt. Als ich den Ebro überquerte, bemerkte ich seine Milchkaffee-braunen Fluten, welche den Mutterboden mit ins Meer hinaus transportierten.

Dieses weite Land, besetzt mit vereinzelten Gehöften, den Haziendas und den kleinen Dörfern, wirkte so trist und überschaubar wie eine Tisch-Tennis-Platte, wie ein Medizinball. So kahl, wie die gefurchte Glatze eines alten Mannes. Trostlos, karg und braun, ermüdend und langweilig fürs Auge, diese Eintönigkeit war bis zum Horizont ausgebreitet.Mir war klar, diese Art der Bodennutzung konnte nicht nachhaltig sein, dieses Schlagwort aus dem Ökoligisten -Slang. Obwohl ich kein Agronom auf Studienreisen war, hatte mich diese Bestandsaufnahme über Boden zersetzenden Landbau irgendwie entsetzt.

Sondern als ein Durchreisender, der sich so seine Gedanken machte. Jedoch war mir wieder einmal klar geworden, wie sehr reisen die Sinne schärft und man eine Ahnung bekommt, von etwas wovon man eigentlich gar keine hat. Auch fragte ich mich, wie die Leute die hier leben und Bauern sind, das einfach ignorieren und nicht sehen konnten? Aber so ist es doch überall und auch bei mir ist es so. Fahre ich nicht tausende Kilometer, nur zum Spaß in der Gegend herum und verpeste die Luft mit meinem Egoismus? Bei einem selbst ist es aber immer etwas anderes und doch sind solche Vorstellungen zu schwarz gesehen, weil diese pessimistische Weltsichten, immer von einer Propaganda mir eingeleitet scheint.

Die Wahrnehmungen beim Reisen waren immer schon der Grund, warum Reisen, als kultureller Völkeraustausch, die Gehirnentwicklung vorantrieb, seit der Steinzeit und bestimmt auch früher schon. Am Ende des Tages, machte ich irgendwo, schon mitten im schönen Andalusien, an einer Tankstelle halt. An Madrid, war ich rechts vorbeigefahren, ich wollte keine Zeit und kein Benzin im Straßengewirr der riesigen Metropole vergeuden. Dann tankte ich irgendwo im romantischen Andalusien wo es immer noch aussieht wie im Mexiko der Italowestern, an einer Tankstelle. Den Kühler hatte ich mit der letzten vollen Wasserflasche wieder nachgefüllt. Ich konnte aber keinen Wasserhahn finden, um mein leeres Flaschenkontingent wieder aufzufüllen. Darum fragte ich den Tankwart nach Wasser. Der hatte mich wohl bei der Prozedur des Kühler auffüllen beobachtet und fragte mich, ob ich ein Problem mit dem Kühlwasser hätte?

Auf umständliche Weise erklärte ich ihm die Misere mit dem Kühlwasser. Wobei ich mir wie ein kleines Kind vorkam, dem es noch nicht möglich war sich mit Worten zu äußern. Den dargestellten Sachverhalt hatte er anscheinend verstanden und er legte mir eine kleine Blechflasche, die aussah wie ein Flachmann mit grauem Etikett auf den Tresen. Aus seiner Erklärung verstand ich, dass deren Inhalt ein Mittelchen beinhaltet, welches kleine Risse und kleine Löcher des Kühlers, von Innen verschließt. Man bräuchte es nur dem Kühler Wasser beizugeben.

An jeden Strohhalm, soll der Ertrinkende sich klammern

Ich kaufte das unbekannte Wundermittelchen, welches ich fast mit gleichgültiger Erwartungshaltung in den Kühler leerte. Nach der gewohnten, zurückgelegten dreißig Kilometern Kühlwasser-Check-Distanz, beobachtete ich den Temperaturanzeiger des Motors wieder aufmerksam. Auch an der Fünfzig-Kilometer-Marke, seit einfüllen des Wundermittels konnte ich kein Erhitzen des Motors mehr bemerken. Als nach einhundert Kilometern immer noch die Temperaturnadel träge im „Normal" verharrte, machte ich Halt um den Kühlwasser-Stand mit eigenen Augen zu begutachten. Und wirklich, der Flüssigkeit-Pegel war unverändert geblieben, seit der letzten Kontrolle, seit dem Tank-Stopp. Die Höhe des Kaufpreises, für das Mittelchen erschien mir unverhältnismäßig teuer für so ein kleines Döschen, mit unbekanntem Inhalt. Wenn nun dieses Mittel wirklich seine Aufgabe erfüllte, war es seinem hohen Kaufpreis gerecht. Und es war dumm von mir, dass ich kein zweites Döschen davon gekauft hatte. Sollte auf dem langen Weg der noch vor mir lag, wieder das Kühlwasser-Problem auftreten, so hätte ich wenigstens eine behelfsmäßige Lösung parat. Oft genügt eine kleine Flick-Reparatur aus, um sich wenigstens noch einmal über eine Runde zu retten, noch eine Chance im Petto zu haben. Dem Ziel dadurch wieder einen Schritt näher gekommen zu sein. Aber ich hatte keine Lust auf langes Grübeln. Auf nach Gibraltar, Algeciras war mein nächstes Reiseziel. Europa lag mir dann im Rücken und die Meerenge und Afrika lagen vor mir. In etwas mehr als drei Tagen, werde ich dann dreitausend zweihundert Kilometer gefahren sein_ mit kaputter Zylinder-Kopf-Dichtung. Ich war stolz auf mich. In der späten Nacht, oder war es schon der frühe Morgen, auf der Strecke irgendwo hinter Cordoba, auf einem LKW- Parkplatz, zwischen anderen müden Nomaden der Straße fand ich einen dunklen Rastplatz. Dort noch einmal auf heimischen Kontinent vor der Passage nach Afrika zu schlafen. Denn wieder hatte ich den ganzen Tag nur Kilometer um Kilometer auf das Zählwerk meines Tachos gesammelt. Über eintausend fünfhundert Kilometer konnte ich heute auf mein Streckenkonto verbuchen. In der letzten Stunde verbrachte ich Momente wie in Trance. Oft hatte ich Mühe mich aus kurzen Schlafphasen zu reißen. Dann brach ich diese Unverantwortlichkeit und Rücksichtslosigkeit anderen Verkehrsteilnehmern und mir selbst gegenüber ab. Um auf diesem Lastwagen-Parkplatz zu nächtigen. Vorm

Einschlafen nahm ich noch die Streichhölzer aus den Augen, die ich mir zwischen die Lieder geklemmt hatte, damit sie nicht zufallen konnten (ok.., etwas zu stark aufgetragen). Denn es gäbe wohl keinen sichereren Schlafplatz, auf offener Strecke zu finden, als zwischen Lastwägen. Sicher aufgehoben kann man sich fühlen. Sofort, bei einem Angriff, einem Überfall werden gleich alle Trucker auf den Plan gerufen sein, schon um sich selbst zu schützen und um auch ihr Image im rechten Licht behalten zu wissen. In der Sicherheit gebettet, in guter Gesellschaft zu sein, schlief ich sofort ein. Aus dem Schlaf, wachte ich manchmal kurz auf, geweckt von ankommenden oder startenden Lastern. Um acht oder neun Uhr am Morgen, hatte ich ausgeschlafen. Hinterm Lenkrad, den Sitz in Liegeposition gestellt, im Schlafsack warm verpackt, die Augen nachtverpappt. Alle meine Gelenke waren noch uneingeölt.

Ich hatte noch etwa hundert Kilometer bis Algeciras zu fahren. Von dort starten die Autofähren nach Marokko und Ceuta. Ceuta ist eine Spanische Enklave auf dem Afrikanischen Kontinent. Ich war neugierig, bald den Sprung über Gibraltar auf den anderen Kontinent zu vollziehen. Meine Neugier richtete sich auch auf den bunt bevölkerten Hafen von Algeciras, den ich von den zwei ersten Trips nach Marokko her kannte. An diesem Tag, es war der 31.12.1993, ich empfand es als Spannend zu sehen welche Leute, im Winter nach Afrika reisten? Wir hatten nicht das Datum und es war auch nicht die Jahreszeit, wenn Touristen auf Reisten gehen. Werde ich auf andere Autoschieber treffen, die in Afrika ein Auto verkaufen wollten? Würde ich dort sogar meine Bekannten treffen, die auch auf dieser Tour waren? Ich war Tagelang allein im Auto unterwegs und in meinen Gedanken. Ich freute mich irgendwie darauf, vielleicht kann ich dort mit irgendjemand ein paar Worte wechseln.

Ich sehnte mich nur nach etwas Geselligkeit und musste dann auch
noch einen rollenden Schrottplatz mir ansehen

Das Auto hatte ich am Zaun des Fährhafens abgestellt. Von
dort ging ich die Reihen der geparkten Fahrzeuge ab, auf der
Suche nach deutschen Kennzeichen daran. Dort parkten zuerst aber nur mehrere französische Autos, mit rot bebalkten
Zoll-Kennzeichen, das waren alles alte, ausgemusterte
Peugeot und Renault und Citroen. Diese Fahrzeuge waren
alle in einem recht ausgelutschten Zustand und wären nur
noch als „Rostlauben" zu bezeichnen gewesen. Am Ende
dieser Parkreihe, standen Deutsche. Dort war das Parkplatz-
Angebot reichhaltiger vorhanden. Dort stand auch ein
Omnibus mit Deutschem Zollkennzeichen, der war dort quer
über mehreren PKW-Stellplätze geparkt gewesen. Außerdem
standen noch ein Mercedes, ein 123er Modell und ein alter
Toyota Landcruiser dabei. Allen Fahrzeugen waren mit
deutschen Zoll-Kennzeichen gekennzeichnet. Um diese
Wagenburg, tummelten sich mehrere Menschen meines
Alters. Mit einem, „hallo, wo geht's denn hin..?" Begrüßte ich
sie, aber sie gaben mir keine Antwort.
Nach kurzer Wartezeit, startete ich einen neuen Versuch,
einer Unterhaltung. „Servus, setzt ihr auch heute nach
Marokko über?" Und wieder nur schweigen.
Ok.., wer nicht will, der hat doch schon. Und aufdrängen
wollte ich mich wirklich nicht. Servus ihr... Welch ein
störrisches, eigenbrötlerisches Volk, kommen die aus dem
Allgäu. Stellte sich mir die Frage. Aber mir war in dem
Augenblick nicht klar, wie sich unsere Wege immer wieder
treffen würden. Auch, sagte mir einer von ihnen, der Zeit-
punkt für ein Kennen lernen wäre sehr ungünstig, da es
Ungereimtheiten in ihrer kleinen Gemeinschaft gäbe. Es war
Thomas der das sagte, so wie ich ihn später einmal kennen

lernen durfte.

Dann ging ich in die Hafenstraße, wo zwei spanische Imbiss-Lokale ihre eigenartigen Leckereien unters Volk bringen wollten. Um dort einen „Café con Leche" und um eine Kleinigkeit Essbares, einen dieser Spanischen herzhaften Gaumenkitzler zu mir zu nehmen. Mir war noch in Erinnerung, dass es diese dort reichlich in Glastheken ausgestellt, zu kaufen gab. Ob diese jetzt Schmackhaft oder essbar waren oder nicht, ich hatte einfach nur Hunger.

Am Anfang der Hafenstraße befand sich ein Reisebüro. Dort erstand ich die Fahrscheine für die Fähre. In der Hafenstraße hatten sich in den zwölf Jahren, seit meines letzten Besuches hier überhaupt nichts verändert. In den Cafés am Hafen wurden die gleichen fettigen Leckereien genussvoll verzehrt wie damals. Dort denkt man, man hätte es immer noch mit den gleichen speckigen Flecken aus Ketchup und Fritieröl zu tun, so wie seinerzeit. Alles ist immer noch so pappig wie Ehedem. Alles war so, wie es aus meiner Erinnerung vorlag. Die gleichen Geschäfte, mit den scheinbar gleichen Artikeln, den gleichen Auslagen, in den gleichen sonnen verschossenen, verblassten Farben. Und alle Kanten mit den gleichen graugefärbten Benutzungsrändern abgegriffen. Auch roch es noch gleich, nach einer Mixtur aus kaltem Zigarettenrauch, Zigaretten dunklen Tabaks und tranigen Fritieröl am Boden. Dieses schwarz mit Straßen Schmutz vermengt, als wäre es schwarzer Fensterkitt mit Hundekot versetzt, sagte mir meine Nase. War ich spießig geworden? „Nein", ich liebte dieses Ambiente, es war mir wie Luft zum Atmen.

Hier sah es schon immer so aus, auch damals schon, als Gibraltar heiß umkämpft war von Spanier und Engländer und den Piraten und das war im 18. Jahrhundert.

Auch die Marokkanischen Haschisch Dealer waren noch da,

trieben sich alles beobachtend und lässig auf dem Parkplatz herum. Um still und unauffällig untertauchen zu können, sollte eine Polizeistreife patrouillieren. Sie verkaufen Haschisch, denn vom Gewinn daraus ernähren sie sich, eher schlecht. Der „Stoff" hatten sie in ihrem dunkelsten Ort des Körpers versteckt, aus Marokko herüber geschmuggelt. Vielleicht wird Haschisch auch deswegen „Shit" genannt. Sie selbst, schätzen Haschisch sehr und wollten anderen mit roten Augen und starrem Blick, davon überzeugen dass bei ihnen der beste „Shit" zu kaufen wäre.

Bald würde der Abreisetermin sein, so stellte ich mein Auto an das große Tor des Fährhafens. Dieses würde erst geöffnet werden, wenn die Fähre angelegt hat. Dort standen sie auch schon als eine kleine Schlange, an Autos, alle schwer beladen mit hoch gestapelten Dachträgern. Es waren aber nicht jene Peugeot und Renault, welche ich als erstes am Parkplatz sah. Die Autos, die bereits am Fährhafen standen, waren besetzt mit Marokkanischen Familien. Es waren Marokkanische Gastarbeiter Familien, die in Frankreich arbeiten und jetzt ihren Urlaub in ihrem Heimatland verbringen wollten. Denn ihre Autos waren auch mit normalen Französischen Autoschildern gekennzeichnet. Als die Fähre angelegt hatte, öffnete sich das Tor. Die ankommenden Passagiere strömten heraus. Der eingelagerte Fahrzeugpark wurde ausgeräumt, um Platz zu machen im Bauch des Schiffes, für eine neue Fracht von Fahrzeugen, zurück zu dem anderen Ort jenseits des Meeres.

Die Seefahrt in freudiger Erwartung, des stürmischen Meeres

Kaum noch konnte ich es erwarten, das Erlebnis der frischen Brise und des wilden Naturschauspieles, das für mich die See veranstalten würde. Seit meiner Ankunft in Gibraltar war es regnerisch und die Windböen, die das Meer ins Land schickte, fegten mit Sturmstärken über Dächer und durch Straßen. Dabei fielen mir die gesunkenen Norwegischen Fähren, der letzten Jahre wieder ein. Meine Vorstellung, in eine Schiffshavarie zu gelangen, war aber unbegründet. Weil jene Norwegischen Fähren, seinerzeit, anderen Bautyps waren. Als alles verstaut und an Bord gegangen war, war der amtliche Zeitpunkt um abzulegen nur um wenige Minuten überschritten. Das Schiff entfesselt von Bindungen, steuerte mit mir auf das andere Land und die mir unbekannten Plätze jenseits zu. Denn mich erwarteten noch die vielen Ereignisse, um dort auf der anderen Seite des Meeres Realität werden wollten. Langsam verließ das Schiff den Hafen, bedacht und vorsichtig, obwohl schon tausendfach vollzogen. Eile wäre fehl am Platz gewesen. Wer die Verantwortung über hunderte von Seelen trägt, darf keine Unachtsamkeit übersehen, oder sich einer Laune hingeben. Nur mit dieser Einstellung kann jemand Kapitän sein und bleiben.

Seit dem sich Entfernen vom Ufer und das waren die südlichsten Ausläufer des Europäischen Festlandes, weitete sich das Seh-Spektrum und die Windkraft-Maschinen, die billigen und umweltfreundlichen Strom spenden, wurden sichtbar. Man konnte fast glauben, einer Illusion, einer phantastischen Täuschung auf den Leim gegangen zu sein die vorzugaukeln versucht, irgendjemand habe Interesse umweltfreundlich Strom zu produzieren. Oder aber, im Land der Tele-Tabbis zu sein. Als sich dann das Tor des Hafens, die Stadt, eng aneinander gedrückt die Häuser und die mit den hunderten von Strom erzeugenden Windrädern bebauten Klippen des Vorgebirges zu einem Panorama-Bild zusammengefasst waren, ab hier war auch das Rollen des Schiffes auf der Dünung des Meeres zu bemerken. Die Urkraft des Meeres verdeutlichte sich ab diesem Abstand zum Festland und seine dunkle Wasserfarbe nahm ein mysteriöses Aquamarin an. Nach dem Genuss dieses Ausblicks, aus dem Achtern des Schiffes betrachtet, wechselte ich zum Bug. Das Gesicht, dem Wind und Afrika zugewandt, das wilde, blau-grün des Meeres und die Dunst verschleierte Kontur des „Schwarzen Kontinentes", löste wieder diese fast dramatische Neugierde in mir aus. Ich empfand wieder fast ein wenig berauscht, ich war bereit auf alles, was noch auf mich warten würde.

Nach etwa zwei Stunden, des Übersetzens betrat ich Afrikanisches Festland. Den Hafen von Tanger, mit der Fähre angelaufen, die Zoll-Formalitäten über mich ergangen und den Formalität-Helfern klar gemacht, das ich den Einreise-Antrag allein ausfüllen kann. Nach einer halben Stunde Prozedere, verließ ich das Hafengelände von Tanger. Und ich war erstaunt wie reibungslos, die Einreise diesmal über die Bühne ging.

Schon beim Verlassen des Hafentores zeigte mir wieder, wie das Meer als Barriere, Kulturen voneinander sondert. Algeciras war noch Spanien, war noch als Stadt eines Europäischen Landes zu bezeichnen gewesen. Doch nach zwanzig Kilometer Seefahrt, denkt man im Orient zu sein. Es roch auch hier ganz anders, als drüben auf der anderen Seite des Meere. Es roch nach Afrika, man konnte förmlich die wilden Tiere erahnen, die diesen anderen Kontinent bevölkern. Ich schmeckte förmlich den fremden Geruch, der dieser Landmasse anhaftet. Afrika! Das Meer, wirkte als Kathelisator für diese Stimmung, die dann neutralisiert auf den Europäischen Kontinent trifft. Obwohl ich schon meinte, in Spanien, beim Betrachten der Afrikanischen Küstenlinie, dieses Aroma erschmeckt zu haben. Auch sehen sich Europäer, erst einmal davon verunsichert, mit welch einer Gelassenheit sich Menschen plötzlich bewegen können. Sie bewegen sich anders. Sie führten ihre Bewegungen wie Taucher aus, die mit der Bremswirkung des Wassers umgehen gelernt haben. Sie haben gelernt im gleißenden Sonnenlicht sich sparsam zu bewegen, in dieser Art in tausendjähriger Übung, die in Fleisch und Blut übergegangen war. Bedacht Energie zu sparen, unter der sengenden Sonne, wo Wasser so rar sein kann, wie die Wolken im Tinten blauen Himmel es sind. In den Wüsten und in den Halbwüsten, zu denen das Land wird, wenn man fruchtbaren Gegenden verlassen hat. Die Mode hatte sich leicht verändert in zwölf Jahren meiner Abwesenheit, die Europäisierung im Kleidungs-Stiel hat Einzug gehalten. Einzelne trugen noch ihre Sack-Mäntel mit Kapuze, ihre Jalaba. Doch waren sie seltener zu sehen, als seinerzeit. Ich war begeistert in Marokko zu sein, neugierig bin ich mit dem Auto durch die Straßen und Gassen Tangers gefahren, um möglichst viele Eindrücke aufzunehmen.

Doch, mir war nach laufen und Spazierengehen, um mich besser akklimatisieren zu können, an die Temperatur dieser neue Lebendigkeit anzupassen. Dann parkte ich das Auto und lief, neugierig auf Veränderungen durch die Medina, der Altstadt Tangers. Denn ich hatte mich in Marokko, schon immer sehr wohl gefühlt und hatte die unkomplizierte Herzlichkeit und Gastfreundschaft der Menschen dort sehr genossen. An einer Fischbraterei schlemmte ich eine würzig gegrillte Dorade. Ja, ich war wirklich wieder im Süden, am Meer! Wer solch einen frischen Fisch noch nie aß, wird nicht verstehen, wieso Menschen förmlich süchtig danach werden könnten. Nach dem Essen sagte meine innere Unruhe es wäre Zeit, das Land zu bereisen. Doch zuerst musste ich noch tanken. Hier war der Sprit billig, ein Drittel billiger als in Europa. Wie alles Andere es auch war. Von Tanger, befuhr ich die Mautfreie Autobahn in Richtung Casablanca.

Irgendwo hinter Rabat machte ich Halt um zu schlafen, denn ich war müde. Dieser Tag mit seinem Eintauchen in den Orient, markierte den Wendepunkt für mich, ab diesem Moment bewegte ich mich auf dem fremden Kontinent auf eine noch fremderen Umgebung zu. Dieser Marathonlauf bis hierher, steckte in allen meinen Gliedern, wie ein Kater nach einer durchgemachten Nacht. So suchte ich wieder zwischen Lastwagen, auf einem Rastplatz, einen ruhigen Ort und war irgendwie überrascht, doch so weit gekommen zu sein. Das bis Hierher Kommen, war das Vertraute und das Kommende würde die Reise ins Unbekannte sein. Wird Terra incognita für mich. Laut meiner Marokko-Karte, würde bald die Spanisch Sahara beginnen, bald nach Agadir.

Mit den Motorrädern, fuhren wir vor zwölf Jahren über Marrakesch, nach Quarzazate und darüber hinaus in die Wüste und dem unterirdischen Lauf des Dra zu folgend, einem Tal das er wohl aus einer wasserreicheren Erdepoche hinterließ. Seine Oasen, wenn er immer wieder an die Oberfläche austritt, sind als „wunderbar" zu bezeichnen. Meine Karte erklärte, ab Tiznit beginnt endgültig die große Wüste. Hoffentlich hält das Kühler-Dichtmittel dann die Hitze des Motors aus. Diese Beschäftigung des „Kartenlesens", war mir zum Vergnügen geworden. Mir wurde das Betrachten der Strecke, die einfach von einer Linie in eine gestrichelte Linie überging, zur Freude. Dabei konnte ich eine Spannung in mir erzeugen, die man Fernweh nennt, selbst in der Ferne, noch einmal das Fernweh zu steigern. Dabei tagträumte ich von Dünen, von weiten Sandfeldern und von bizarren Felszügen am Horizont. Doch die Zukunft wird mir beweisen, was es heißt leichtfertig in die Wüste hinein gefahren zu sein.

Mit Tiznit begann auch das Territorium der merkwürdigen Städtenamen, da gibt es außer Tiznit, Tan-Tan, noch Tarfaya,

Laayoun, Boujdour, und Dakhla. In Mauretanien, trägt die
erste Stadt den Namen Nouadhiebou. Von Tiznit bis
Nouadhiebou waren 1ooo Km zu fahren. Auf dieser Strecke,
belegten nur diese sieben Städte, die Route. Hinter Dakhla
war die Distanz auch nur noch als gestrichelte Linie
eingetragen. Die Strecke wird zur Piste werden, sie wird so
sein, wie ich sie schon mit dem Motorrad befahren hatte. Mit
dem Motorrad, war es leicht über Dünen und durch
Sandfelder zu fahren und zu rasen und zu brettern. Jedoch
mit dem angeschlagenen Auto, das nicht mehr über seine
volle Leistung verfügte, erschien mir mein Vorhaben fast
etwas gewagt. Nüchtern besehen. Diese Pisten sind nur
Routen und manchmal steht man vor einem Nichts. Alle
Wüstenfahrer sind davor gewarnt, sich auf alte Spuren zu
verlassen, um dann in einem verlassenen Lager Ein-
heimischer sich wieder zu finden. Abgebaute Lager, die
Dromedar und Viehweide abgegrast von den Tieren, die
alten Spuren des Versorgungsweges enden dann im
Irgendwo oder Nirgendwo.
Doch solche Warnungen waren mir erst einmal egal_
Weiterdüsen!
Auf nach Agadir, oder wohin auch immer und dann in die
Wüste und ans Meer und zu den Dünen und so weiter. Bald
würde ich im richtigen Afrika sein. Die warteten auf mich
und ich auf sie, weil ich mich immer schon als Schwarzer (od.
schwarzes Schaf unter weißen Schafen) fühlte. Die Afrikaner
würden mich als Neger erkennen, wegen meines breiten
Lächelns schon. Denn wir stammen doch alle aus Afrika,
Afrika ist nämlich unsere aller Mutter. „Mama-Afrika!" So
heißt es doch, laut Evolutionsgeschichte?
Dann fuhr ich an der Atlantikküste weiter, schlängelte mich
durch Casablanca, behielt das Meer rechts von mir und die
Sonne in meinem Gesicht. Mein freudiges, erwartungsvolles

Gefühl, das ich hatte, seit ich in Afrika war, verstärkte sich um jeden Kilometer den ich südwärts fuhr. Immer wieder verstärkte sich dieses Gefühl, unabhängig zu sein und in einem fast traumhaften Abenteuerfilm mich zu befinden. Ab Casablanca hatte ich die Autobahn verlassen und fuhr durch Ortschaften und Dörfer. Von den Einheimischen wurde ich bemerkt und oft als Fremder gegrüßt. Oft war die Straße auf selben Höhenniveau angelegt wie Meer und Strand. Und aus nächster Nähe besah ich mir das sich brechende, gischtende und sich an den Strand rollende, spritzende, wild tobende Meer auf Augenhöhe. Die Wellen waren so hoch und so breit, dass es mich verwunderte, dass sie sich nicht ins Land herein stülpten, um sich da drinnen ihrer Wildheit frei zu machen. Den Fenstern hatte ich alle Scheiben herunter gekurbelt, um den kräftigen Eindruck, den blanken Geschmack, durchs Auto und durch mich hindurch wehen zu lassen. So als wäre ich ein Teil davon. Und die Luft war so blau und klar und so flirrend. Das Braun, das Ocker und das tonige Gelb, der Erde, im harten Kontrast zu weiß, blau und grün in allen Abstufungen zum Meer und dem weiten Himmel.

Ja das brauchte ich, das hätte ich schon lange gebraucht. Hätte ich doch diesen Schritt schon eher gewagt, schon sehr viel früher hätte ich das tun sollen. Schon bevor ich aus Selbstmitleid zu saufen anfing, schon bevor meine Ehe zu kriseln begann. _ Klarer Fall, ich war noch nicht reif genug dafür gewesen. Zuerst musste man alle Tiefen geschmeckt haben, bevor man sich befreiten konnte. Um dann zu wissen dass man sich selbst etwas schuldig war, das was man einfach nicht bemerken wollte. Um sich das zu schenkten, was man schon immer gebraucht hätte. Wie leicht war der Knoten plötzlich aufgelöst und es war dann als hätte es den noch nie gegeben. Vergessen sind alle „hätte". Es gibt nur ein einziges Jetzt. Für alle Zeit. Alle Probleme werden dann nur noch als verquere Irrläufer gesehen, denen man zu viel Gewicht billigte. Marokko, war für mich immer schon das schönste Land, das ich mir vorstellen konnte. Mit den freundlichsten und den zuvorkommenden Menschen darauf. Hier mochte ich einmal sein und leben, einmal… In zwanzig, in dreißig Jahren... Punktum.

Der Nächste Halt den ich einlegte war in Essaouira. Als ich auf die Innenstadt zufuhr, bemerkte ich die ausgedehnten Grünanlagen und die vielen Tafeln, die auf Herbergen, Hotels und Restaurants hinwiesen. Eine lange Kaimauer, schirmte die Promenade und die Ortschaft vom Meer und dem Strand ab. Zweifellos war ich in eine Touristenmetropole eingefahren, im südlichen Teil Marokkos, dort im Süden bevor die Zivilisation endet und dann danach die große Wüste beginnt. Unerwartet fühlte ich mich mit Sonnenschirmen und Eisständen konfrontiert. Das Aussehen, der Flair, der Stadt erinnerte mich ein wenig an ein Südfranzösisches Fischerdorf, aus den 80er Jahren, wie ich es einmal kennen lernen konnte. Mitten in Marokko, denkt man im alten Frankreich zu sein. Auch als ich vom Hafen kommend, in die Stadt ging, war ich zuerst erstaunt, wie die Häuser im Süd-Französischen Baustiel errichtet aussahen. In Marokko sah es immer anders aus, eben viel Marokkanischer. Und es kam mir vor, als wäre ich in der Kulisse eines alten Filmes, der in den 1960´er, in Sant-Tropez spielte, mit Brigitte Bardot und Belmondo oder Jean Gabin einbezogen. Dann kaufte ich mir ein Eis und das war lecker. Als Reisender nimmt man alles, so wie es kommt und es ist. Manchmal denkt man sogar auf einer Zeitreise zu sein. So, als wäre die Zeit zersplittert und die Splitter lägen willkürlich nebeneinander. Wer nach Tokio reist, reist in die Zukunft. Und wer nach Afrika reist, reist in die Vergangenheit. Und in die USA, ginge einer um zu denken, in einen schlechten Film gereist zu sein. Wenn er die vielen Überwachungs-Kameras und Polizisten sieht, die dort überall positioniert sind. Und Marokko war im Wandel, auf dieser empfunden Zeit-Linie, auf der ich mich bewegte. Es war genau am Scheitel zwischen Tradition und dem Wechsel in die Moderne angelehnt. Mir kam es so vor als ginge das Alte, mit dem Neuen ein paar Jahre noch nebeneinander her. Sie waren seltener zu sehen, die mit Brennholz überladenen Eselchen, von einem alten Mann in Jalaba und Turban auf dem Kopf und spitzen Badezimmer-Schlappen an den Füssen, geführt. Dieses imaginäre Foto war mir immer, das romantisch-archaisch-ärmliche Sinnbild für Marokko. Esel wurden als unmodern eingestuft und einfach aus der modernen Welt verbannt. Sie wurden nicht mehr benötigt und diese herzzerreißende Quälerei, war dann hoffentlich für immer verschwunden. Aber die Eselchen dann leider auch.

Auf dem Weg zur Medina überquerte ich einen großen Platz, der neu mit Pflastersteinen belegt war. Der großräumig, fächerartige, symmetrische Muster aufwies, wodurch er noch gewaltiger wirkte und man sich dadurch selbst noch winziger fühlen sollte. In den Platz mündete ein weiterer Platz. Der Platz, der von dicht gedrängten aneinander gefügten Häusern in diesem pittoresken Baustiel umgeben war. Die Häuser standen dreigeschossig und mit hohen Fenstern und mit zweiflügligen Fensterläden versehen. Mit Balkonen und halbrund geschwungenen Glastüren. Schön und romantisch, im Styl einer alten, einer verklärten Zeit. Der vom direkten Sonnenlicht abgeschirmte Boulevard war für den Auto-verkehr nicht zugänglich. Davon führte es in die Medina, in das Touristen- Einkaufsviertel und in die enge Altstadt. Die kleinen Restaurant und Cafe, luden zum Schlemmen ein. Ich wollte mich setzen und mir einen

„kleinen Cáfe" genehmigen und die Stimmung auszukosten.
Und den Verlauf der weiteren Fahrstrecke, auf der Landkarte
mir vorstellen und auskosten. Ich wählte die wenig befahrene
Küstenstraße nach Agadir aus. Um nach dem Genuss der
Örtlichkeit und Kaffees gleich wieder aufzubrechen.

Auf der kurvigen Straße dorthin, war der Ton der Geräusche,
das Licht das sich auf dem Asphalt spiegelte, verstärkt, als
hätten sich alle Dimmer und Regler um Grade aufgedreht.
Das imposante Donnern, „Explosionen-brechender-Wellen"
des Meeres an der Felsküste, an welcher die Küstenstraße
immer steiler vom Meer sich in den Himmel schraubte, die
gewaltigen Energien des Meeres, die sich an den Klippen
rieben, mit orgastischen Entladungen gleich einem
ununterbrochenen Schlagzeugsolos, auf dessen Höhepunkt
vergessen es wieder auszuschalten.

Manchmal bewegte ich das Auto, an der Ungesäumten Straße
hunderte Meter über dem an den klüftig geborsteten
Felsabbrüchen, mit dem Meer in der Tiefe und hin bis zum
Horizont. Das Meer, es wölbte sich dorthin, wie eine
gigantische, geschliffene Wasserlinse, oder so wie flüssiges
Blei sich krümmt. Dem konnte ich nur „AC/DC"
entgegensetzen, die ich als musikalische Untermalung, in den
Schlitz des Kassetten-Rekorder einschob. Und unter mir
sprengte das Meer Erosionen im Jahrmillionen Stundentakt,
Fermente aus dem Kalkstein, mit Geosphärischer Energie
und kosmischer Leidenschaft. Dann als diese Kehren und
Biegungen in tieferen Regionen in leichte Kurven ausliefen,
begleitete die Straße wieder das Meer fast auf dessen Höhen-
Niveau. Hinter einem engen Felsentor bemerkte ich ein
Schild, mit der Aufschrift, Bar. Darunter stand, Reggae-Musik
und der Name Bob Marley, stand mit darauf. Fein, dachte
ich, und einen Kaffee könnte ich auch wieder einmal
vertragen. Für mich hörte sich dieses Angebot interessant an.

Auch der Zusammenhang dieser drei Worte, erinnerte mich an die legendäre Afrikareise des großen Reggae-Poeten, Bob Marley. Von dessen Tour durch Afrika erzählten mir ein junger Berber, beim Teetrinken, während meiner letzten Marokko reise einmal. Auch, auf das in die Felswand eingebaute Ambiente war ich neugierig. Und Bob Marley verweilte seinerzeit in dieser Gegend. Er wollte bekanntlich, bei einer Afrikatour seine „Roods", seine „Wurzeln" aufsuchen.

Wie einen Stollen oder einen Felsentunnel hatten sie, wer auch immer sie waren, in mühsamer Stemm- und Brecharbeit, einen Gang, mit Treppenstufen aus dem Felsen heraus gemeißelt. Das Gebäude, worin die Bar sich befand, zwängte sich wie eingegossen in die natürliche Grotte, welche das Meer im Kalkstein her ausgespült hatte. Der Gedanke, beim Anblick der Anlage, bekräftigte sich, ob hier nicht die Bauweise der Mexikanischen Pueblo-Indianer imitiert worden wäre? Und wenn es so war, dann wäre das auf sehr gute Art und Weise getan worden. Der Gastraum des Höhlenkomplexes, war menschenleer und ich musste mit mehreren „Hallo´s", meine Anwesenheit ankündigen. Dann kam dieser kleine Mann, verschlafen, als wäre er gerade aus seinem Nachmittagsschlaf gestört, aus einer Tür, die ins „Private" führte, mehr geschlichen, als gegangen. Mit einer sehr gezögerten Frage, die den Eindruck verstärkte, ich bin noch nicht wach, was ich den in Gottesnahmen wolle? Auf meine, gibts einen Café-Frage? Murmelte er eine, ja, dann muss ich halt einen Machen-Antwort. Alle Dialoge wurden in Englischer Konversation geführt. Den Wort Austausch, damit abbrechend wollte er wieder in seine Gemächer, in verhaltener Eile entschwinden. Das wurde aber von mir unterbunden, indem ich eine neue Frage nachschob. „War Marley schon mal hier?" „Ja, 1967", antwortete er, immer

noch dem Ausgang zugewandt. Meine Folgefrage war. Auch hier in der Bar? Darauf erwiderte der Kauz. Ja, der hat hier sogar Musik gemacht, hier drinnen. Damit wies er mit einem Schlenker seines linken Unterarmes auf verschiedene, gerahmte Bilder, die an den Wänden hingen. Aus meinem Blickwinkel konnte ich erkennen, dass es sich bei den Bildern um verschiedene Konzertaufnahmen handelte. Die darauf abgelichteten Personen konnte ich nicht unterscheiden, denn in der Bar waren die Lichtverhältnisse eher etwas schummrig. Ich stand auf und löste mich vom Barhocker, die Fotografien zu betrachten. Beim Betrachten, musste ich beeindruckt, fragend feststellen: Ist wohl alles sehr historisch hier? Selbst Jennies Joplin und Bob Dylan wären hier gewesen, um diese Zeit. Beide sogar gemeinsam, jedoch das Bild von ihnen wäre verschwunden. Sagte der Wirt. Auf dem Foto wären sie zusammen an der Bar fotografiert gewesen und es war von beiden signiert. Für Sammler, ein kostbarer Schatz, oder jemand brauchte ein besonderes Urlaubs-souvenir. Stellte der Wirt sachlich fest. Über diesen Frevel, des Diebstahls und weil ich dieses Foto nicht sehen konnte, darüber musste ich mich ärgern und schämte mich für die Diebe. Wie konnten nur Leute, in ihrer unvorstellbaren Gier, dieses Kulturerbe, ein Artefakt einfach wegnehmen von seinem Angestammten Platz? War doch dieser Ort hier, ein Zeittresor. Selbst der Wirt ein Unikum, ein Alt-Hippie. Und alle waren sie hier, Jim Morrison und er zählte noch viele Namen auf. Von Musiker, Schauspieler, Schriftsteller, allen voran Allan Ginsberg… Und er zeigte mir ein Album, dessen Epochaler Wert ins unbezahlbare zu beziffern wäre.
Hier wurden Feste gefeiert, und man konnte den Beginn des Einen und das Ende des Anderen, oft nur erahnen. Sie kamen der gelebter Freiheit wegen, die hier Zuhause war. Und des „feeling" willen, und weil es hier das beste Haschisch auf der

Welt gab. Alle sind sie tot, oder verrückt geworden, oder so vergrämt wie er es vielleicht auch war, danach wie er sich gab. Dann fragte er mich woher ich komme, ob ich weiterreisen werde? Und es gefiel ihm, meine dargestellte Not nach Unvorstellbaren zu entgehen.

Er sagte mir, es wäre ruhig geworden um Agadir.

Vor zwanzig Jahren, da kamen sie noch scharenweise, die Sucher und auch die, die schon ein wenig gefunden hatten. Nur schnell mal vorbeigeschaut, oder oft sind sie bei ihm auch hängen geblieben, für geraume Zeit. Yes, the times are changing. Ja, ja die Zeiten ändern sich, nicht nur bei uns, auch in Marokko.

In Agadir, sagte er, dort auf dem großen Camping Platz, der ist voll gestopft, mit den „alten Säcken". Die unterteilen sich sogar hier in Nationalitäten, nach der Größe der Wohnmobile und all ihren anderen Statussymbolen.

Die fahren nur bei ihm vorbei, in ihren vollklimatisierten, sündhaft teuren, er nannte sie: „Yoghurt cup", Joghurtbecher. Gut getroffen, dachte ich mir dabei. Aber die möchte er ja gar nicht hier drinnen haben! Diese alten Spießer. Er nannte sie: „stuffy old man". Ganz schön kühn, für einen der sicher auch schon über Fünfzig war, oder gar über Sechzig, dachte ich in meiner Jugendlichkeit von dreißig Jahren. Jedoch ein Spießer, war er sicher nicht. Der hatte schulterlanges, graumeliertes, vom Raureif erfasstes Haar, mit einer Glatze am Hinterkopf. Sein gelebtes Gesicht, wurde von einer Frank-Zappa-Bartkombination bestimmt. Bald nachdem er auftauchte, schenkte er sich einen Scotch Bourbon ein und trank ihn dann so, als wäre es sein Ritual, so Gäste zu begrüßen, langsam, schlürfend, ein Kenner.

Er sagte, die Alten haben jetzt Marokko erobert, denn die Jungen sind zu bequem zum Reisen geworden. Er heiße, Mahmouth und wenn ich wieder einmal des Weges kommen sollte, soll ich ihm eine Flasche, oder zwei, Französischen Rose´ mitbringen, der wäre hier schlecht zu bekommen und er möge ihn so sehr. Dann verabschiedete ich mich, mit dem Versprechen, daran zu denken, wenn es einmal dazu käme.

Auch ein Museumsbesuch geht mal zu Ende und meine spröde Freundin erwartet mich

Dann setzte ich mich ins Auto und begab mich Richtung, große Wüste. Und wieder einmal wurde mir klar, als Reisender erlebt man immer wieder Momente, die Zuhausegebliebene nicht einmal im Traum sich vorstellen können. Das Erleben ist immer da Draußen, gestorben wird Daheim.
Und auch hoffte ich, dass dieses „Zeug", das den Kühler dicht halten sollte, nicht versagen möge.

Bald war ich dann in Tiznit angekommen und dort hindurchgefahren. Auf der Kuppe eines Hügels, sah ich unerwartet den mir bekannten, deutschen Omnibus stehen. Mit diesen Leuten, die mich in Algeciras schon abblitzen ließen. Als ich anhielt, damit wir vielleicht jetzt ein wenig plauschen hätte können, wurde ich gleich von ihnen weiter gewunken. Machte mir aber wieder nichts aus, denn, wer nicht will der hat ja schon.
Die haben sich und ich habe mich.
Die Vegetation wurde zunehmend spärlicher und es begann nach Sand und sich dem Abend weichender Hitze zu riechen. Das Land wurde immer weiter und ließ Sanddünen am fernen Horizont ahnen, nicht wirklich sehen. Sie waren nur als eine rot-beige Aura, mit viel Phantasie, dunstig und verschwommen, irgendwie grau wahrnehmbar. Bald würde ich meine geliebte, heiß ersehnte Wüste erreicht haben.
Ich konnte es mit allen Faser-Enden meines Nervengeflechtes

spüren, dieses Angekommen sein, im Abenteuer.

Von einem Aussichtspunkt aus in ein Land hineinsehend, das da vor mir ausgebreitet lag, ohne Sicht begrenzendes Beiwerk, wie Straßen, oder Zäune, oder Strom-Leitungen, wie in einen übergroßen Schaukasten, im Völkerkunde-Museum. Keine Häuser, keine Dörfer, Nichts. Keine Pflanzen, keine Bäume... Nur Steine, Felsen, von der Sonne schwarz verfärbt. Dieser kahlen Ebene, dort am Treffpunkt zwischen Himmel und Erde, war noch ein glänzender Streifen Licht aufgesetzt und das Licht das dann dem sich langsam verdunkelnden Van Dyck-Braun des Erdbodens, die Farbe Rosa schenkte. Und dieses Rosa, wurde zu einem Rosa-Orange. Der Streifen Licht, ein Neon-Leuchten, dem Boden aufgesetzt, strahlender, Schwimmbad-blauer Himmel, nur noch ein schmales Band davon, knapp über dem Horizont. Darüber schimmerte das Licht in einem Hauch Amethystfarben am Himmel, um in ein dunkles Aquamarinblau einzufließen. Ein Teil des Himmel Panoramas hatte sich angefüllt, mit schattenhaften Feder-Wolken-Flocken, die von Westen aufgezogen waren. Und die letzten Strahlen, wie zwei Speerspitzen, als wollten sie doch noch einen Abstecher nach Osten machen. Wie gut, sie mich aufgenommen hatte, meine spröde, heimliche Liebe, gleich am ersten Abend unseres Wiedersehens. Hallo Wüste, du bist so leer und deswegen so voll mit neuen Eindrücken und neuen Gedanken, die überschwemmt waren vom Strudel des Alltags Zustandes.

Dann wachte ich mitten in der Nacht auf, denn beim Bestaunen dieser riesigen Fototapete war ich eingeschlafen und erwartete das eintauchen ins Sandnirwana

Und am Morgen, konnte ich schon sehr früh, das Singen des Windes an Blechteilen des Autos hören. Dort wo der Wind sich fangen konnte und um Grate herum und an Kanten sich beschleunigte. Das war der fortwährende Sound der Wüste, der mir ab jetzt die Begleitmusik in meinem „Film" sein würde. Außer der Stimme des Windes, war nichts zu hören, fiel mir auf. Und ich konnte es hören, dass man hier Draußen, nichts hörte. In der Nacht, hatte ich hinter einem Steinhaufen geparkt, um nicht gesehen zu werden. Aus den losen Platten dieses geschichteten Felsgebildes, ragten versteinerte Austern. Und das mitten in der Wüste und das Meer ist zwanzig oder dreißig Kilometer entfernt. Nun war ich in der Wüste. Der Wüsten Morgen erwartete mich mit einer hellen, kühlen Frische. Ich unternahm einen kleinen Spaziergang um meine Muskeln aufzulockern und den Morgenflair der Wüste zu genießen. Am Morgen, sieht man in dieser Trockenheit auch manchmal noch Kreaturen der Wüste, wie Eidechsen, Schlangen und diese silbergrauen, haarige, langbeinigen Spinnen, mit dem Ausmaß einer Hand. Alle sind sie nachtaktiv. Die sich aber schnell vor der ausbreitenden Hitze, in Spalten und Löcher in Deckung verkriechen. Denn sonst würden sie gebraten werden. Und wieder bin ich ins Auto gestiegen und hab den Motor angelassen, der brav, sofort auf den ersten Dreh am Zündschloss, seinen Dienst aufnahm. Mit der ruhigen Gewissheit in der Zwerchfellgegend, heute werde ich sehr weit fahren. Bis nach Dakhla, es waren noch 700 Km bis dorthin. In der Wüste schrumpfen Entfernungen. Dann startete ich mit der Sicherheit, was könnte mir schon noch passieren. Und wie sich dann das Land, das Panorama, die Welt sich immer mehr auftat. Dieses meditierende, gedankenlose Dahinrollen, im 5. Gang, war für mich die schönste Art Auto zu fahren. Hinein in einen neuen, unverbrauchten Morgen, dem die unbarmherzig heiße Sonne bald ihren glühenden Stempel aufdrücken würde. Die Welt machte sich leicht und überschaubar, in warmen Erdtönen gemalt. Scharfkantige Felsgebilde, bizarr vom Wind, dem Sand, dem Wetter geformt zeichneten sich hart von den weichen Konturen der Sandverwehungen ab. Und das einzige, das noch auf die Gegenwart von Zivilisation hinwies, bestand aus dieser kerzengeraden, einspurigen Straße und einer Telefonleitung. Von diesem Band menschlicher Veränderung, wurde ich staunend gezogen. Meine Gedankenwelt hatte sich aufgelöst und dessen Schweigen empfand ich wie das Glück in reiner Form. Ich war so offen wie schon lange nicht mehr. Diese meditative Stimmung, die uns fast allen die Wüste verleiht, damit segnete sie jetzt auch mich mit dem einzigen mir vorstellbaren Himmelreich, und das ist auf Erden. Darum zieht es uns immer wieder dort hin. Um ins Sandnirwana zu gelangen.

Manchmal, ganz selten, kam mir ein anderes Fahrzeug entgegen. Mit unverminderter Geschwindigkeit fuhr es auf dieser einspurigen Fahrbahn auf mich zu. Im letzten Moment lenkte der Fahrer, sein Auto mit einer Seite des Wagens von der Teerstraße ab, im Glauben, als Entgegenkommender möge ich mich ebenso, nur Spiegel verkehrt verhalten. Und dieser Fahrer grüßte mich, durch die Windschutzscheibe und sah mir dabei ins Gesicht. So als wollte er mein Entsetzen, darauf auskosten, meinte ich. Sehr schnell hatte ich verstanden, in der Wüste herrscht das Gesetz des Stärkeren. Kam mir ein LKW, oder ein überladener Bus entgegen, half das einspurige Abfahren nicht. Denn diese blieben auf der Teerdecke vollständig beharren, als wäre sie die Besitzer der Straße. Die Großen hatten das Recht, nicht ausweichen zu müssen, oder nahmen dieses Recht einfach in Anspruch. Da half es nur, ganz runter vom Teerstraße fahren, langsamer werden und weit ausweichen. Denn, in diesem Fall, die Kleinen sterben zuerst und das wollte ich nicht sein. In dieser Teerdecke und in der Schotterspur daneben, verbargen sich knöcheltiefe und tiefere Schlaglöcher und ich war gefordert, denen im Slalom auszuweichen. Wäre ich zu schnell und unkonzentriert durch diese „Krater" gefahren, so hätte sich mein Auto in Kürze, in seine Bestandteile aufgelöst gehabt. Und neben der Straße standen als Dekorationen, die Ergebnisse ehemaliger Karambolagen, ausgeschlachtete und verrostete Autowracks, aller Epochen. Eine Hintergrund, der Unvernünftige schnell wieder zur Einsicht bringen konnte. Und da diese Route wenig befahren war, bekam ich den Eindruck, dass Entgegenkommende sich freuten wieder jemanden zu treffen. Fast jeder der mir entgegenkam, schenkte mir eine kleine Begrüßung und mich wunderte, wie freundlich diese Menschen sind.

Gegen Mittag, oder um elf Uhr, am Ende der Morgenfrische, am Anfang des Backofen-heißen Teils des Tages, machte ich an einer dieser Ziegelrot gefärbten Lehmgebäuden, einer ehemaligen Karawanserei halt.

Dort standen die hoffnungslos überladenen Lastwägen, aufgeladen mit Säcken und mit Heu, das wie Stroh war, mit Fellen, und Holz. Tiere, wurden ungesichert auf der Ladefläche transportiert, ihre Fesseln eingeknickt an die Beine geschnürt. Und nun standen die Fahrzeuge mit den Tieren, in der prallen Sonne. Geparkt hatten sie wirr Durcheinander. Es war der Lärm, vieler geparkter, im Standgas laufender Motoren zu hören, wahrscheinlich hatten sie Probleme beim wieder Anlassen des Motoren . Der Trubel war so geschäftig, als wäre man plötzlich in einer Großstadt. Hier waren von Fliegen schwarz verfärbte Körperteile von frisch geschlachteten Tieren, von Ziegen und Dromedaren, auf Schlachttischen angehäuft. Die enthäuteten Köpfe, von Ziegen, oder Schafen lagen geschichtet zum Verkauf aus. Über dem Platz, roch es nach Blut, nassen Tierhäuten und Schafsfett. Eine Stelle des Sandbodens war, als wäre er vom

Blut wie betoniert und eine glatte Oberfläche aufwies, wellig ausgetreten, von stetiger Benutzung. Neben dem Vorplatz des Restaurants, vom Blut und den nassen Häuten gefärbt, diese sind von den Schlachttischen heruntergefallen, oder wurden einfach auf einen Haufen geworfen. Davon hatte sich der Sand schon getränkt. Dann trockneten und verkrusteten die Körpersäfte und die Oberfläche war zu einer festen, glatten Oberfläche ausgehärtet. Die schleifende Wirkung, hunderter, Sandalen bewehrter Füße, polierte daraus diesen glatten Überzug, den man nicht kaufen oder bei einer Boden-Belag Firma bestellen kann. Auf einem schwerem Holzkohle-Grill brutzelten saftige Fleischteile und es roch sehr einladend nach Grillabend. Der rege Betrieb, der herrschte, stammte hauptsächlich von Lastwagenfahrer, die hier ihre Mittags-pause abhielten. Und vielleicht um zu pausieren, um ihre „Lenkzeiten" einzuhalten? Aber, ob diese LKWs überhaupt mit Fahrtenschreiber ausgerüstet waren? Eher Nicht!
Über einem der Gebäude mit flachem Dach war ein mit roter Farbe handgemaltes Holzbrett, mit der Aufschrift, „Restaurante", angebracht. Dort drinnen wollte ich meinen Hunger besänftigen, denn ich hatte erst einen Frühstücks-Apfel zu mir genommen und das war schon viele Stunden her. Das Restaurant war durch einen niederen Eingang zu betreten, der mit einer an Schnüren gespannten Wolldecke überspannt um die Sonne, den Wind und den Sand aufhalten sollte. Vor den engen, gering hohen Eingang war ein Spanischer Vorhang aufgehängt, mit aufgereihten Holz-Kugeln, um die Fliegen abzuwehren. Der Eingang war sehr zweckmäßig gebaut. Aus dem warmen, leicht rauchigen Dunkel der Gaststube, das sich mir beim Eintreten entgegen drückte, roch es nach Holzfeuer, gegrilltem Fleisch und Suppe heraus. Etwas verlegen trat ich unter der gespannten Zeltplane, durch den Lehm verputzten Eingang ins

Restaurant. Dunkel war es dort Drinnen. Kein unnötiges Fenster sorgte für eine Aufhellung, denn durch jeden Lichtspalt, würden auch der immer sich bewegende Sand und die vielen Fliegen eindringen. Vielleicht hatte man hier von Fenstern und Glasscheiben auch noch nicht viel gehört, oder man meinte, dies passe nicht zum traditionellen Baustiel. Nachdem meine Augen, an das heimelige Dunkel gewöhnt waren, erkannte ich die vielen Gesichter der Männer, die an zusammen gebastelten Tischen saßen, mir schien, die Tische bestanden aus Paletten Holz, die Gegrilltes aßen und Minztee tranken. Die wichtigste Lichtquelle, war das Feuer, über dem ein Topf mit dampfendem Inhalt hing. Nachdem ich zwischen den Männern einen Platz gefunden hatte, kam auch sofort ein mit einem Kapuzenmantel und Turban gekleideter alter Mann an den Tisch. Er war der Kellner und fragte mich, ob ich auch das Tagesgericht wollte? Weil ich nicht wusste und auch nicht fragen konnte, was es noch alles anderes gäbe, antwortete ich mit, „oui, et une thé, s ´il vous plait." Soviel Französisch, traute ich mir zu, um zu antworten und zu bestellen. Denn ich hatte eine Hemmung, mit der fremden Sprache mich zu äußern, da ich Französisch nicht gelernt hatte. Und ich wollte nicht den Blödel spielen. Nicht dass ich den Eindruck hatte, meine Tischnachbarn begegneten mir mit Wohlwollen, wenn unsere Blicke sich streiften. Mir war auch der Gedanke nahe, wie erbost LKW-Fahrer reagierten, als ich nicht die Fahrbahn ganz seitig verließ, bei den ersten Begegnungen mit Lastwägen. Aber es konnte sich ja nicht um dieselben Fahrer handeln, die mir vor Stunden begegnet waren, mit denen hier. Denn zumal die, die mir begegneten in die Entgegengesetzte Richtung fuhren. Und überholt wurde ich auch nicht. Egal_ Vielleicht hatten sie noch keine Touristen in ihrer Wirtschaft, oder sie wären gern unter sich geblieben. Sehr bald brachte der Kellner mein

Essen. In einem großer, altmodischer Teller, aus dickwandigem, tief gewölbtem Porzellan, er war gehäuft mit Fleisch aufgefüllt. Das lag in einer dunklen Brühe, mit Gemüse und Kartoffelstücken. Und ein beim Backen sich geweitetes, wie aufgeblasenes Fladenbrot, wurde mit dazu gereicht. Es war knusperig und warm und roch umwerfend nach frischem Brot. Dieses wurde am Feuer, in einer großen, eisernen Schüssel gebacken, wie ich beobachten konnte. Nachdem ich nicht gleich zu Essen anfing, gaben sie mir einen Löffel. Es schmeckte fantastisch, das Fleisch war saftig und sehr zart, das Gemüse aromatisch gewürzt und die Sauce etwas sämig und toll abgeschmeckt. Das Brot, das ich auseinander riss, teilte sich in die beiden äußeren Hälften des Brotes auf. Die beiden Krusten Seiten benutzte ich als Löffel, wie von meinen Tischnachbarn abgeschaut. Denen tat ich es nach und löffelte meine Suppe, mit den hohl geformten Fladenbrot- Krusten- Löffel. Auch hatte ich den Eindruck, die Suppe und das Fleisch, authentisch gegessen, schmecke so noch besser, als mit dem schweren Silber Löffel einverleibt. Das Brot griff ich zwischen Zeigefinger, Mittelfinger und Daumen, auch um so ein Stück zart geschmorten Braten vom Teller zu greifen. Das als Werkzeug benutzte Brot, wird logischerweise mitgegessen. Man reißt sich einfach ein Stück Fleisch ab und benutzt dazu die ganze Hand. Nachdem ich auf den Löffel verzichtete und auch mit den Fingern und der ganzen Hand aß, schauten meine Tischnachbarn nicht mehr so grantig, hatte ich den Eindruck. Einer sagte sogar, auf den leeren Teller zeigend: „Chameau, manger… Chameau". Doch es war kein Kamel, denn die leben in Asien und in Afrika, siedeln sich Dromedare an. Es war Fleisch vom Dromedar, welches ich aß. Aber zu diesem Zeitpunkt war mir diese feine, aber wichtige Differenzierung noch nicht bewusst. Eigentlich dachte ich, Chameau, bedeute Schaf. Mein Einstieg in die Französische Sprache jedoch schritt trotz solcher kleinen Fehler voran. Den Preis, den ich für das Verzehrte aufbringen musste, war so niedrig, dass ich durch die Abrundung der Summe, fast den halben Preis als Trinkgeld aufschlug. Der Kellner, war darüber sehr erfreut. Draußen auf dem Vorplatz, standen zwei Männer vor meinem Auto. Sie wollten es kaufen, aber nachdem sie erfuhren, es wäre mit einem Benzin-Motor ausgerüstet, schwand auch gleich wieder ihr Interesse.

Man hatte mich darauf vorbereitet, dass es schwierig werden würde, auf der Strecke Marokko, Mauretanien und im Senegal ein benzinbetriebenes Fahrzeug zu verkaufen. Denn in diesen Ländern, kostet Benzin mehr als das Doppelte wie Dieseltreibstoff. Doch darüber machte ich mir noch keine großen Gedanken. Das würde jedoch noch kommen. Zu dieser Zeit, kostete in Marokko, in der Spanisch Sahara ein Liter Benzin 0,80 DM und Diesel 0,35 DM. Ab Agadir wurde dann der Sprit immer billiger, je weiter ich in den Süden kam. Welch ein Schlaraffenland für einen Europäischen Autofahrer, da doch bei uns das Benzin 1,10 DM kostete und der Diesel, 0,80 DM. An Boujdour war ich schon vorbei, noch waren es 500 Km bis Dakhla. Diese Straße wurde von Kilometer zu Kilometer schlechter und schmäler. Manchmal fehlte die Teerdecke ganz, dann war nur noch die alte Spanische Kopfstein-Straße vorhanden. Die Steinbrocken lagen oft aus ihrem Bett gerissen, auf dem Weg. Sie waren auch ein gefährliches Hindernis, womit schnell ein Reifen zerstört werden konnte. Auch fehlte dieser Straßenbelag oft ganz und ich konnte mein Auto auf Sand- und Geröllpiste ausprobieren. Irgendwo, in meinem Hinterkopf, hörte ich die Worte eines meiner Afrika-Fahrer-Freunde: Im Sand zu fahren, bedeutet, Gas geben. Sonst stirbt der Motor ab und man sitzt fest. Und darum schaltete ich dann immer einen Gang tiefer und trat das Gaspedal durch. Und es war großartig, so als wäre das Auto, ein Motorboot und brandet über Sand Kämme, als wären es Wellen auf hoher See. Es war ein neues Fahrerlebnis für mich, durch den weichen Sand zu driften. Es verwundert mich Heute noch, dass ich nicht schon auf der Straße nach Dakhla mich bereits festgefahren hatte. Denn das weiß ein jeder, der mit dem Auto im tiefen Sand einmal gefahren war. Wenn mit niederer Übersetzung, viel Gas gegeben wird, drehen die Reifen durch und graben sich deswegen sofort im losen Sand ein. Diese Art, falsch im Sand zu fahren, wird mir noch lange zu schaffen machen. Alle gut gemeinte Ratschläge, wie ich besser im Sand fahren konnte, werden von mir ignoriert werden. Es war durchaus möglich, dass ich den gut gemeinten Ratschlag meines Freundes verkehrt verstanden hatte, oder den Tipp absurd auslegte. Diesem Gefühl, mit dem Fahrzeug und den Reifen eins zu werden, dem würde ich erst sehr viel später nahe gebracht werden. Das würde dann in einer fast ausweglosen Situation geschehen und würde dann meine Rettung sein.

Mitten in den Weiten der Mauretanischen Wüste, bei Atar, wo ich den Tank meines Busses leer gefahren haben werde. Ohne Essbares, Wasser los dem Tode geweiht, würde ich einmal sein. Meinen Kleinlaster, dann schon X-mal aus dem Sand ausgegraben haben. Ich werde noch immer im idiotischen Glauben, nur mit speed und Vollgas, sind Dünen und Sandfelder zu bezwingen, unterwegs sein. Dann gestrauchelt, hoffnungslos gestrandet werde ich einmal sein, dann wird eine Staubwolke sich erkennbar machen, die sich mir immer mehr nähern wird. Dann erkennen, dass keine täuschende Fatha Morgana es sein wird, sondern ein leibhaftiger Tankzug, ein gigantischer LKW, käme mir mitten in der Wüste entgegen und versorgte mich mit Wasser und

Treibstoff. Der Beifahrer wird mich fragen, wieso ich mich hier festgefahren habe, wo doch ein leichtes durch kommen wäre. Dem werde ich dann sagen müssen, dass ich nicht im Sand fahren kann. Er wird sich dann meiner erbarmen und als Wüsten-Fahrlehrer sich auf den Beifahrersitz positionieren und wird mir mit der Hand, mich am Knie korrigieren, und so meinen Bleifuß sensibilisieren. Ich werde dann verstehen lernen wann es erforderlich sein wird, behutsam das Drehmoment des Motors auszunutzen. Dann wird die Motorkraft zurückgenommen und die Reifen bewahren ihren Gripp. Exakt mit dem gleichen Motor-Reifen- Gefühl, wie im Schnee und dem Eis, wird auch im Sand gefahren. Punktum_ Aber bis zu diesem Aha- und dem Moment der Erleuchtung werde ich noch viele Kubikmeter Sand schaufeln müssen.

Irgendwann am Abend, parallel zu der Steilküste, an deren Abbruch die Straße sich manchmal sehr leichtsinnig nah bewegte, war das Meer als eine weite Bucht zu erkennen. Das ebene, wie ein gigantischer Parkplatz ausgebreitete Land, brach schroff, senkrecht am Meer ab. Die weite Ebene hatte sich bis an den Rand des Ozeans in ihrer eigenen Endlosigkeit verloren, um sich dort wieder zu finden, indem sie dort endete. Eine Sandwüste begrenzte eine Wasserwüste. Braune, gelbe Erde bis hin zum Anfang des Himmels rieb sich am endlosen Blau, des Wassers, das sich bis zum Ende des Himmels ausbreitete, um wieder seine Grenzen am Horizont zu finden, in der entgegen gesetzter Richtung. Nur Weite… Kein dekoratives Beiwerk, nur Weite und Leere. Einmal die Weite zu Land, einmal die Weite zu Wasser. Freiheit von allen Seiten, soweit die Sehkraft reichte.

Und nur die Straße und die Telefonleitung, beruhigten und wiesen darauf hin, nicht Menschen-Seelen-allein in dieser weiten Welt verloren zu sein. Und noch die Fischer, die hatten sich mit langen Angelruten ausgerüstet, am kantigen, steilem Uferabbruch wollten sie in der mörderischen Brandung, dort hundert zweihundert Meter tiefer unten, ein Fischlein fangen? Wie kamen sie an dieser Klippe, dieser überhängenden Felsmauer, ans Meer hinab? Gab es einen Tunnel? Das werde ich mir ein anderes Mal ansehen.

Aber, ich wollte nur noch weiter. Auf der anderen Seite der Bucht, befand sich bereits Dakhla. Irgendwo, dreißig, oder vierzig Kilometer unten, an dieser Landzunge hinab, die sich weit in den Atlantik hinaus zuschauen wagte.

Diese Landzunge, war manchmal so schmal, ich konnte dann zu beiden Seiten, links als auch rechts das Meer sehen. Auf dieser vierzig Kilometer langen Route bis Dakhla, im Grenzgebiet nach Mauretanien, wurde mir durch die allgegenwärtige Polizei- und Militärpräsenz deutlich gemacht, dass ich durch ein Krisengebiet fahre. Von den Orten Tan-Tan bis nach Dakhla, war vor jeder Stadt eine Straßensperre der Polizei eingerichtet. Durch eine Nagelleiste, aus der 10 cm lange, spitze Stahldorne ragten, wurden die Fahrzeuge am weiterfahren gehindert. Dieses brachiale Verkehrsgebot war quer über die Straße gelegt. Mit bürokratischer Beflissenheit unterbanden sie meine Freiheitsgefühle, die mich manchmal zu Gefühlswallungen zu singen und brüllen, bei heruntergelassenen Scheiben trieben. An Bürotischen unter freiem Himmel wurden dann die Namen der Fahrzeuginsassen notiert und die Fahrzeugpapiere kontrolliert. Dann wurde alles fein säuberlichst in Tabellen eingetragen. Die Polizisten erkundigten sich nach den Vornamen der Eltern, dem Mädchenname der Mutter. Als ob Terroristen sich dadurch auszeichnen würden, die Namen ihrer Eltern nicht zu kennen.

Am Ende der Welt, begann die richtige Wüste, auweh, die Katz, die läuft im Schnee

Mit Mauern, von Stacheldraht gekrönt bewehrte Kasernen, begrüßten mich die ersten Gebäude beim Annähern an Dakhla. An den Eingängen zu diesen Kasernen, war doppelte Bewachung positioniert, mit Maschinenpistolen im Anschlag haltend. Und ständig mit Militär besetzte Fahrzeuge, passierten meinen Weg nach Dakhla. Ein Szenario, wie in einem Kriegsfilm, oder aus den Nachrichten über Kuwait.

Bei einem Kontrollblick, auf den Motor-Temperatur-Anzeiger, musste ich erneut feststellen, dass die Temperatur des Kühlwassers, wieder ihr Maximum erreicht hatte. Wahrscheinlich hatte ich durch meine übermütige Fahrweise, im Sand, wieder den Motor überhitzt. Die hunderte Gedanken und Gefühle, die gleichzeitig mein Gehirn aufwühlten, kamen alle zum gleichen Ergebnis: Scheiße! Jetzt sitze ich hier, am letzten Zipfel Marokkos und die Karre ist hin! Ich beschimpfte mich selbst, als einen unbelehrbaren Idioten. Und mich erwartete noch die richtige Wüsten Passage, dort wo laut Straßenkarte, alle geteerten Wege endeten. Dort, wo nur noch Pisten weiterführten, mit Dünen und tiefem Sand. Wie schnell sich eine Freude, in Betrübnis verwandeln kann. Wie aus Stolz über etwas Erreichtes, eine bleischweren Sorge wird. Zu einer Sorge, den Fortgang der nächsten Schritte betreffend. Schritte, die eingeleitet werden mussten. Noch ohne einen greifbaren Ansatzpunkt waren. Wenn das Auto endgültig hin wäre, wäre es nicht leicht gewesen zurück zu reisen, mit dem Geld das ich noch hatte. Aber ich war ja jetzt in Afrika und es ginge hier immer irgendwie weiter. Das war die einzige Möglichkeit, die mir blieb, vorwärts! Wie geplant die „Karre", im Senegal verkaufen und dann von Dakar zurückfliegen. „Das wird schon klappen". Jedenfalls, so wie schon fünfzig- sechzigmal geprobt, füllte ich obligatorisch, den verdunsteten Kühlwasserpegel auf. Mit trüben Gedanken ärgerte ich mich noch einmal über meine Knauserei, nicht doch noch ein zusätzliches Döschen des „Wundermittels", gekauft zu haben beim Tankwart in Spanien. Jetzt fehlte mir die Möglichkeit, durch eine kleine Flick-Reparatur mich über die nächste Runde retten zu können, eben noch einmal die letzte Hürde elegant und mühelos mit pravur zu bewältigen. Oder wie auch immer, es gab ja noch das goldene Lichtlein und mein Kapital an zündenden Ideen, war auch noch vorhanden.

Das Abendwerden war schon eingeläutet, ich fuhr in Dakhla ein. Dakhla wirkte auf mich so wie die anderen fünf oder sechs Karawanen- Städte, die ich längs der „Spanischen Sahara", durchfahren hatte. Äußerst quirlig, voller Leben, in trauriger, maroder Gleichgültigkeit sich und seinem Verfall überlassen. Alles beige, Hausfassaden, Straßen, Autos, selbst die Menschen, schienen mit pulverisiertem Sand bestäubt zu sein. Mit Verwehungen und geräumten, von Planierraupen zusammengeschobenen Sandhaufen. Welche sie dann mit Kipp-Laster abtransportieren, kurz bevor sie zu monumentaler Größe angewachsen waren. Ein Zerrbild wie manchmal im Hochwinter in Deutschland, nur ist Sand dort das Ärgernis, bei uns wäre der Schnee als die „Höhere Gewalt" zu bezeichnen gewesen. Jedoch zeugten die vielen Geschäfte und Restaurants vom regen Betrieb, der die Stadt am Leben hält. In einem Straßen- Café sah ich Europäer sitzen. Meine Vermutung war, dieser Ortes die letzte zivilisierte Bastion vorm eintauchen in die richtige Wüste. Als die Grenzstadt nach Mauretanien, war es der Schmelztiegel und Sammelpunkt vor der Wüstenpassage nach Mauretanien. Dann fand ich ein kleines Restaurant mit

Freilicht- Betischung und mit offener Sicht zum Meer und nach Westen zur langsam tiefer sinkenden Sonne. Dort saßen schon etliche. „Touristen"? Oder einfach, europäische Menschen, die sich gerade in Afrika aufhielten. Sie machten auch nicht den Eindruck von „Pauschal-Vergnügungs-oder-Neckermannreisenden". Die sahen eher sehr viel mehr „freakig" aus. Ich setzte mich dort mit dazu. Ich sprach ein Pärchen am Nebentisch an und sagte zu ihnen: „It´s realy nice her!"

Doch dieses, „Comment ?", machte mir wieder klar, hierbei handelte es sich um Franzosen und die sprechen nur Französisch. „Le grande Nation". Die brauchten keine andere Sprache sprechen können, denn in ihren Köpfen ist auch hier noch Frankreich. Auch wenn Marokko einmal eine Französische Kolonie gewesen war. Wer kein Französisch spricht, ist unakzeptabel. Dann sagte ich radebrechend: „Une bell Kulisse ici" Sollen die mich doch für einen Deppen halten. Die kennen mich ja nicht und ich mochte nur ein bisschen quatschen. Sie antworteten sogar. „Qui, trou grandiveux". Und dazu lachten sie laut. Über mich? Egal, ich ging wieder, das brauchte ich mir nicht gefallen lassen, welch ein blödes Volk! Das waren bestimmt Pariser.
Als ich auf der Straße nach Dakhla einfuhr, führte die Straße an einem Campingplatz vorbei, der war mit derselben hohen, roten Mauer eingefasst, sowie es auch die Kasernen waren. Der Weg in die Stadt, war von dieser durchgehenden roten Mauer begleitet. Außer an den Beschilderungen war es nicht möglich zu unterscheiden, welches da Zivile und welches da militärische Einrichtungen gewesen wären, hinter dieser Mauer angesiedelt. Dann war ich auf den Campingplatz gefahren. Schon aus Neugier, mich interessierten die Leute und auch was es dort noch alles zu sehen gab. Vor allem

wollte ich wieder einmal mit jemandem reden. Und wieder einmal duschen, hatte auch seine Berechtigung.

Der große Innenhof, hinter der Mauerfassade, mit den Maßen 7o m X 4o m und von dieser rosa-erdig-roten Mauer umgeben. Zum Meer hin war die Mauer mit einer gemauerten Balustrade versehen, von wo aus sicher ein schöner Ausblick aufs Meer und dem Sonnenuntergang zu haben sein könnte. Auf dem Campingplatz, war ein Szenario wie aus der CAMEL-Werbung veranstaltet. Die Menschen, die ihn besiedelten, waren größtenteils mit beige, sandfarbenen Kleidungsstücken angetan. Schon glaubte ich mich in einem Film-Set für die Neuverfilmung, von „Daktari" gelandet zu sein. Bei so vielen Kaki-Gekleideten. Das Auto hatte ich abgestellt und ging die Reihen der Fahrzeugen und Zelten ab. Und sie waren auch schon da, meine kontakt-prüden Freunde mit ihrem Omnibus. Da sie mir schon zweimal, sehr deutlich klar machten, sie wollten mit mir nichts zu tun haben, darum schlenderte ich an ihren Fahrzeugen und ihnen einfach vorbei. Sagte jedoch, Servus, zu ihnen. Denn wer nicht will, der hat doch schon. In einer Ecke des Hofes, hatte der Pulk der Französischen Delegation sich versammelt. Deren Fahrzeugpark bestand aus wirklichen Raritäten. Dort standen fünf uralte Peugeot und Renault und Citroen. Man hätte meinen können, die veranstalten eine Oldtimer-Rallye und alle Autos waren sehr verrostet. Im Französischen Lager stand sogar noch ein 2 CV - Citroen, Fabrikat 1960 oder so, dieses Modell war als Wohnauto umgerüstet. Den Bausatz, den 2CV campinggerecht umzubauen, wurde von Citroen selbst vertrieben. Zu dieser Zeit wusste ich noch nicht, wie perfekt, eine „Ente", in tiefen Sand und auch im unwegsamen Gelände sich verhält. Ein echtes Globetrotter-Auto. Mit der „Ente", wurden von Jeher schon Weltreisen, selbst Expeditionen in die entlegensten

Winkel der Erde unternommen. Dank des hohen Karosserieaufbaus, wegen des geringen Verbrauchs (4-6 Liter auf 100 Km), seiner Robustheit und wegen der einfachen Technik ist es das ideale Reisemobil. Doch zu dieser Zeit, wusste ich das alles noch nicht und habe über den Französischen Wagemut nur geschmunzelt, mit der „Ente" durch die Sahara fahren wollen!? Wäre ich weiser, bescheidener und erfahrener gewesen, hätte ich mir viel mehr Gedanken und Sorgen über mein eigenes Unterfangen angedeihen lassen.

Dann kam auch gleich der Campingplatz-Mann auf mich zu und sagte, ich sollte mich anmelden, wenn ich hier übernachten möchte. _Als ob es in meinem Sinn gelegen wäre, mich um das Übernachtungs- Geld zu drücken?! Oder als ob man in hier ungesehen, „schwarz" campen hätte können? Nach dem Anmelden, hatte ich kalt geduscht. Es war zwar ein Heißwasser-Hahn vorhanden, doch kam daraus auch nur kaltes Wasser. Doch das war erfrischend und mir war auch nicht wichtig, mit soviel Luxus verwöhnt zu werden. Nach dem Duschen ist mir aufgefallen, das noch weitere Camper auf dem Platz sich befanden, außer den Franzosen und den Kontakt-Prüden. Da war auch noch ein Nissan-Geländewagen, mit Deutschem Kennzeichen und ein Motorrad, dessen Kennzeichnung mir nicht möglich war, es einer Nationalität zuzuordnen. Diese beiden Fahrzeuge, trafen während ich duschte auf dem Campingplatz ein.
Mein Plan war, geduscht und rasiert in die Stadt fahren und irgendwo in Ruhe und beschaulich zu Abend essen, so hungrig wie ich war.
In der Stadt, entschied ich mich gleich für die erste Lokalität, die mit einem Schild „Restaurante", auf seinen Service hinwies, dort etwas essen.

Diese Gaststätte, machte einen einladenden Eindruck.
Es war die Möglichkeit gegeben, auf einer überdachten
Veranda, mit Blick auf die Straße zu speisen. Vom Balkon aus
war das lebhafte Geschehen in der Stadt zu übersehen. Ich
konnte mir, dort sitzend das orientalische Treiben, die
Vielfalt und Andersartigkeit während des Essens betrachten
und mit Einverleiben. Niemand würde mich, dort sitzend für
einen neugierigen Touristen halten. Auch saßen dort viele,
ich will die Ausländer die man in Dakhla am Ende Marokkos
trifft, nicht Touristen nennen, sondern Afrikareisende.

Denn Touristen sind keine Reisende, Touristen sind
Konsumenten, sie konsumieren das Reisen genauso wie sie
Lebensmittel konsumieren, die sie möglichst preiswert und
einfach erstehen wollen. Der Flug, die Reise, wird meist an
den gleichen Orten erstanden, wo auch der Rest ihrer Lebens-
Erhaltungs-Mittel gekauft wird. Und um dort möglichst alles
zum Schnäppchenpreis, full included zu bekommen. Hart
abgeurteilt und trotzdem steht es so in meinem Reise-
Tagebuch. Denn, wenn alles Sehen perspektivisch ist, so war
es aus meiner damaligen Sicht und aus meinem Blickwinkel,
meiner Perspektive gerecht. Wer sich als Europäer in Dakhla
aufhielt, hatte bis dorthin schon einen weiten, vielleicht auch
beschwerlichen Weg hinter sich.
Das bunt gemischte Völkchen, unter dem Dachvorbau, wäre
als multikulturell zu bezeichnen. Es bestand hauptsächlich
aus Marokkaner und Europäer. Auch Asiaten saßen dabei,
vier junge Japaner, die mit dem Fahrrad eine Weltreise
unternahmen. Drei Jungen und ein Mädchen, alle um die
fünfundzwanzig Jahre alt. Wie ich sie dann auf dem
Campingplatz kennen lernen werde, denn sie hatten sich
auch dort einquartiert. Unter dem Überbau war noch ein
kleiner freier Tisch vorhanden, wohin ich mich dann setzte.

Mein Verlangen nach Unterhaltung und Geselligkeit frischte wieder auf beim Anblick dieser fidelen Gesellschaft.

Als ich mich durch die eng gestellten Tische auf der Veranda an den sitzenden Leuten vorbei bewegte, wurde ich von einem jungen Kerl in niederbayrischem Dialekt angesprochen, „Servus, kimst du aus Neiburg an der Donau, wegen deinem Nummern-Schüidd?! ND, is doch Neiburg an der Donau?!"

Ich antwortete den drei jungen Kerlen am Tisch, „Griasts eich Buam, wo kumnt´sn ihr denn her, bei dem Sauwedder?"

Seine Frage war, ob ich aus Neuburg an der Donau stamme und meine Antwort war die Gegenfrage, woher sie bei diesem schlechten Wetter kämen, denn man lässt sich als Bayer, nicht so einfach ausfragen. Das ist ein bayrisches Stammes-Begrüßungs-Ritual. Keep your poker-face!

Ich bestätigte ihre Vermutung und sie erzählten mir von ihrem „Semester-Ferien-Ausflug". Maschinenbau Studenten aus Rosenheim. Sie bereisten Spanien, hielten sich in Marokko etwas auf und hatten die Absicht, ihre drei Uralt-Mercedes im Senegal zu verhökern. Die hätten sie sich billig besorgt, um noch vor dem Eintritt ins Karriereleben gemeinsam ein Abenteuer zu bestehen. Dann kam die obligatorische Frage, ob ich keine Ausrüstung und kein Gepäck dabei hätte, mein Auto, sähe so leer aus. Ein anderer fragte, ob ich nur Urlaub in Marokko mache, weil mein Auto mit einem „normalen" Kennzeichen versehen wäre, wo doch alle „Autoschieber" mit rot bebalkten Zollkennzeichen, diesen Trip unternehmen würden. Typische Besserwisser, soll ich mir von denen ein schlechtes Gewissen, oder Zweifel an meiner Planung einreden lassen? _Nö..., ganz bestimmt nicht. Ich sagte ihnen, ich wäre einfach nur losgefahren, um in die Sonne zu kommen, einfach mal wieder weg zu kommen vom täglichen Einerlei. Wieder einmal etwas erleben und um das Auto zu entsorgen." Das konnten die Studenten nicht verstehen. Abenteuer, ja, aber ohne sichere Planung, nein. Die hatten ja Recht, aber jetzt war ich schon mal hier, jetzt musste ich diesen Weg auch zu Ende gehen. Punktum.

Sie gaben mir noch die Informationen, wo und wie die weiteren Schritte, die Ausreise aus Marokko, Zoll- und Grenzformalitäten zu erledigen waren. Wichtig wäre auch, sich beim Militärbüro anzumelden, denn um an die Grenze nach Mauretanien zu gelangen, fahre man durch militärisches Sperrgebiet. Das Militär organisierte deswegen einen Konvoi, zweimal in der Woche, dienstags und donnerstags. Und das Marokkanische Militär begleitet den Konvoi bis an die Grenze der Länder, Marokko und Mauretanien. Zwischen den beiden Ländern, verläuft ein einen Kilometer breiter Streifen Niemandsland. Das Land Marokko hat seine Grenze mit einen Minengürtel eingefasst. Somit wäre auch ein Minenfeld zu durchqueren. Durch das Niemandsland und das Minenfeld müssen die Fahrzeuge ohne Begleitschutz auskommen. Es waren in letzter Vergangenheit zwei Mal Touristenfahrzeuge auf Mienen aufgefahren und ausgebrannt, die Insassen beider Fahrzeuge kamen dabei ums Leben. Dabei handelte es sich um ein Französisches und ein Belgisches Ehepaar. Diese Unglücke ereigneten sich innerhalb weniger Wochen. Diese Information mit den zwei Minengürteln war falsch, wie ich mich bald selbst darüber vergewissern werde. Denn es gibt nur eine Minen Barrikade und zwar von Marokkanischer Seite aus. Ob ich wirklich, ohne jegliche Informationen, auf diese Tour gegangen wäre? Wüsste ich denn nicht, dass hier ein Krisengebiet zu durchfahren wäre, wo seit Jahren nur ein

Waffenstillstand verhängt worden war? Doch zu einer gütlichen Lösung, einem friedlichen Einverständnis war es niemals gekommen. Denn als zu vertrackt gestalteten sich die Vorstellungen der Kontrahenten. Es handelte sich bei dem umkämpften Steifen Land um unfruchtbares Wüstengebiet, das sich jedoch durch reiche Mineral- und Erzeinlagerungen auszeichnet. Hier gäbe es Phosphat, welches zur Herstellung von Kunstdünger benötigt wird. Ebenso Bauxit, womit Aluminium erzeugt wird. Ebenso wäre Eisenerz reich vorhanden und Erdölfelder würden auch vermutet werden. Mir war schon klar, dass im Gebiet der Spanischen Sahara bürgerkriegsähnliche Verhältnisse herrschten. Jedoch wurde der Konflikt nicht in den 90er Jahren beigelegt? Hatte nicht die Polisario ihre Waffen abgegeben, war das nicht 1989 oder 90? Das wussten sie nicht, jedoch wäre die UN, mit Blauhelm-Soldaten hier stationiert. Um bei Ausschreitungen, als Schlichter einzugreifen.

Nachdem ich die Vorgehensweise der nächsten Schritte erhalten und meinen Marokkanischen Cous-Cous aufgegessen hatte, fuhr ich zurück zum Campingplatz. Am nächsten Tag werde ich die Formalitäten für meine weiter Reise nach Mauretanien erledigen. Es war Montag und ich konnte es nicht mehr schaffen, die Formalitäten für den morgigen Konvoi zu erledigen. Auf mich warteten drei Tage, um zu relaxen und die Formalitäten abzuwickeln und um zu schauen und zu planen und die Sonne genießen.

Am morgigen Dienstag werde ich zum Zoll, zur Polizei und zum Militär-Büro gehen und den Bürokraten Kram erledigen und hoffen, dass es mich nicht all zu sehr narren würde. Denn mir waren diese orientalischen Bürokratie Gepflogenheiten von früher her noch gut in Erinnerung. Diese Zwangspause erfreut mich, denn bis hierher war ich als ein Getriebener zu bezeichnen gewesen. Es hatte sich in mir dieser Vorwärts Drang breit gemacht. War ich an einem Ort angekommen, schon flammte gleich wieder in mir dieses Fernweh auf. Mir fiel der Satz aus einem Deutschen Schlager ein: Kaum bin ich hier, schon muss ich fort. So lautete der Text, eines honorig singenden Fernweh-Barden. Mir war klar, dass mir bei dieser Art des Reisens viel verschlossen bleiben würde. Da mir immer die Zeit fehlte, in offen stehende Türen einzutreten. Und diese Manie, immer in Bewegung zu sein, erlaubte mir keine Zeit mich hinzusetzen und um mich umzusehen. Wie mit Scheuklappen versehen, mein Gesichtsfeld empfand ich als eingeengt.

Als ich wieder zurück im ummauerten Campingplatz angekommen war, wollte ich noch nicht im Auto liegen und schlafen, darum stromerte ich erst noch die verschiedenen Lager ab. Im Lager der Deutschen wurde aufgeräumt und sauber gemacht, typisch Deutsch. Im Lager der Franzosen wurde lecker gekocht, typisch für Franzosen.

Auf dem Aussichtspunkt zum Meer und in den letzten Strahlen der untergehenden Sonne standen zwei Männer, dorthin ging ich. Aus meiner Proviant Kiste, nahm ich noch einen Tetra-Pack, „Carlos Garcias" mit. Ich ging los um die Stimmung zu genießen, das war jetzt typisch für mich, nachdem ich meine Manie abgelegt hatte.

Ich erstand diesen in Tetra-Pappe eingeschweißten „Carlos Garcias", abgefüllten Spanischen Rotwein, in einem monströsen Supermarkt bei Madrid, für 80 Pesos. Das war nicht einmal eine Mark, für einen Liter Wein. Davon hatte ich vier Gebinde gekauft, als eiserne Ration. Ob er etwas tauge, davon hatte ich keine Ahnung. Jedoch hatte ich diesen Wein schon einmal getrunken, als er noch in Glasflaschen abgefüllt war. Damals schmeckte er mir vorzüglich.

Die Beiden anderen Stimmungs- Genießer waren der Motorradfahrer und der Besitzer des Geländewagens. Ein

Südafrikanischer Bure und ein Deutscher unterhielten sich, tranken Bier und schauten aufs Meer hinaus, damit die Sonne nicht unbeobachtet verschwinden möge. Sie waren erfreut als ich mich dazustellte.

Der Deutsche fragte mich, ob ich beabsichtige in Afrika eine Hütte zu bauen. Denn die Bretter im Auto deuteten darauf hin, nach seiner Einschätzung. In Englisch gefragt, um den Südafrikaner teilhaben zu lassen, an seinem witzigen Kommentar. Dass die Bretter dazu gehörten, darauf aus dem Sand herauszufahren, wenn sich das Auto darin fest gescharrt hätte, sagte ich ihm. Worüber er jedoch nur lachte, wie ein Wichtigtuer. Weil er das auch schon einmal probiert hatte, bei seiner ersten Tour nach Afrika und dabei hatte er auch nur Bretter dabei für diesen Zweck. Und meine Versuche damit würden scheitern, da die Reifen auf dem glatten Holz nur durchdrehen werden. Diese Erfahrung, hatte er damals gemacht. Damals, bei seiner ersten Tour in die Wüste. Der Bure sagte, versuchen kann er es ja einmal. Sicher hatte er meine Resignation bemerkt und wollte mich nicht so verunsichert und enttäuscht den Tag beenden lassen. Der Bure hieß Sam und war sicher 1,90 m groß und hatte ein Kreuz wie ein Stier. Er war nach Deutschland geflogen, hatte sich in München eine BMW GS80 gekauft und beabsichtigte damit nach Hause, nach Südafrika zu fahren. Er war ein bekennender Anhänger von Mandela. Er trug die Hoffnung in sich, dass Mandela die nächste Wahl gewinne und mehr Demokratie in seinem Land einziehen möge. Wir beiden anderen Sonnenuntergang-Genießern stimmten seinen politischen Ansichten zu.

Der Nissan- Geländewagenfahrer hieß Walter und sagte, wenn ich auch erst am Donnerstag, mit dem Konvoi fahren werde, dann sollte ich mich ihm anschließen. Denn mit meinen Brettern, wäre es unmöglich aus dem Sand wieder frei zu kommen, sollte ich einmal festgefahren sein. Mit den Holzbrettern können wir ja ein Feuerchen machen und Kartoffeln braten, sagte er das Thema abschließend, ihm war es wohl nicht möglich, diese Bemerkung zu unterdrücken, um noch einen Witz anzubringen.

Mir wurde aus seiner Äußerung nicht klar, ob er mir bei einem Stecken-Bleiben, aus der Patsche helfen, oder nicht versäumen wollte, beim Kartoffeln braten zugegen zu sein. Das Bier hatten sie getrunken, der Wein schmeckte mir ausgezeichnet, denn Wein wird ja erst durch die Gesellschaft und die Umgebung, in den man ihn trinkt, kultiviert. Doch, das ganze Gebinde konnte ich nicht leeren, einen Liter Wein austrinken, dieser Herausforderung war ich nicht gewachsen. Wir verabschiedeten uns und wünschten uns, eine gute Nacht.

Wenn ich die Reihen der anderen Wüstenfahrer abging, musste ich fast ernüchternd feststellen, die waren alle perfekt ausgerüstet und hatten ihre Fahrzeuge mit allen möglichen Utensilien voll gestopft. Die hatten Seile, riesige Kanister für Wasser und viele extra Kanister für Treibstoff. Die hatten Verpflegung für Wochen dabei. Sie hatten alle Sandbleche, manche waren aus Aluminium, viele aus Stahl. Das konnte ich sehen, da viele ihren Besitz vor den Fahrzeugen ausbreiteten, um sie neu zu ordnen und um den bereits angesammelten Sand zu entfernen.

Was konnte ich dem entgegen setzen? Vier Holzbretter, fünf Flaschen mit Mineralwasser und sieben mit Leitungswasser, dreieinhalb Liter Spanischen Rotwein, noch dazu ein paar Äpfel, noch sieben Stück, einen kaputten Motor und Haferflocken.

Das wird doch reichen, es musste gehen.

Ach ja, was hatten die Niederbayern noch angemerkt? Ohne gültige Visa für Mauretanien, käme man überhaupt nicht einmal über die Grenze dorthin, hätten sie recherchiert. Von diesen Kleinmütigen soll ich mich anstecken lassen? Nö, bestimmt nicht!

Morgens, bereits vor Sonnenaufgang könnte die Aufbruchs-Stimmung einiger der Konvoi-Teilnehmer, jede noch schlafende Wüsten-Maus aus ihrem Bau getrieben haben. Um 11:00 Uhr war der Start des Konvois angesagt. Doch bereits um 6:00 Uhr, wurden die Zelte abgebaut, die Motoren angelassen, Reifendruck und Kühlwasser- (!) und Ölstand kontrolliert. Im Lager der Franzosen war's noch totenstill. Die würden eh´ erst genussvoll frühstücken und dabei das Treiben der Übereifrigen amüsiert beobachten. Ja, die Franzosen und ich, bin ich etwa ein Franzose inkognito? Ich betrachtete mit die hurtige Eile bei den Früh-Startern.

Greifen heut die Indianer an? Oder zog ein Hurrikan und andere Naturkatastrophen auf? Stellten sich mir diese Fragen im Halbschlaf. Jedenfalls, konnte ich beim Betrachten des Szenarios wieder einschlafen und war gegen 8:00 Uhr nach Dakhla, zum Frühstücken gefahren. An der Ortsgrenze standen sicher schon fünf Fahrzeuge, für den Konvoi aufgereiht. Deutsche und Belgier, aber es waren noch keine Franzosen dabei.

Am Vorabend gab mir Walter noch den Tipp, ich sollte ein Blech unter den Motor montieren lassen, damit die Ölwanne vom Scheuern der Steine geschützt bliebe. Darum wollte ich mich nach dem Frühstück kümmern. Auch musste sich eine Lösung für mein Kühlwasser-Problem finden. Hier kann man bestimmt auch irgendwo dieses Kühler-Dichtungs-Mittel kaufen. Dachte ich mir. Dann aß ich eine Omelette in dem Restaurant, wo ich gestern schon zu Abend gegessen hatte und fühlte mich anschließend gestärkt, für den Tag.

Vom Kellner erfuhr ich, wo das Büro des Zolls und die

anderen Anlaufstellen für den Grenzübertritt nach
Mauretanien wären. Er empfahl mir außerdem auch noch
eine Autowerkstatt, gleich um die Ecke, wo ich das Auto
reparieren lassen könnte. Der Automechaniker dort hatte sich
auch gleich einen extra voluminösen Touristenpreis zum
Reparieren des Motors ausgedacht, um mich zu beein-
drucken. Hauptsache, es gibt was her. Ja, mich hatte diese
Zahl entsetzt, die er mir um die Ohren schlug. Es waren
einige zig-tausende Dirham, oder einfach nur sehr viel Geld
für meine Verhältnisse. Ein Preis, höher als diese Reparatur in
Deutschland gekostet hätte. Für mich war dieser Betrag auch
nicht mehr finanzierbar, wollte ich noch weiter und nach
Dakar fahren. Ich konnte mir auch vorstellen, sie versuchten
mich auszuhungern.
Der Automechaniker, hatte einfach eine horrende Summe als
Reparaturkosten angeschlagen. Wollte ich nicht darauf
eingehen, da ich mir die Reparatur nicht leisten konnte,
daraufhin wusste er gleich eine Lösung. Er wollte mir das
Auto samt Zylinderkopfdichtungsschaden für 2000 Dirham
abkaufen. Das waren hundert oder hundertzwanzig Mark.
Probieren kann man's ja einmal. Und ich musste auch nicht
glückstrahlend auf jede Dummheit eingehen, die sich mir bot.
Kein Klagen, keine Schuldgefühle oder Selbstmitleid, mir
blieb nur noch die Flucht nach vorne. Und auch vom
Kühlerflick-Wundermittel hatte er keine Ahnung. Doch als
Ölwannenschutz, hatte er die alte Motorhaube eines 2CV
übrig, aber dieser war erst morgen montierbar, aus zeitlichen
Gründen. Dann um 10:30 Uhr, konnte ich mir nicht entgehen
lassen, wie sich die Abfahrt des Konvois gestaltete. Am
Startplatz, standen schon etliche Fahrzeuge zum Aufbruch
bereit, wie Gänse in ihrer Marschordnung. An der Spitze des
Zuges, wartete auch der Militärlaster, dienstlich und
unbeirrbar. Die Anzahl der Fahrzeuge im Tross war bereits

auf eine stattliche Zahl angewachsen und noch immer fehlten die Franzosen in ihren Reihen. Die Franzosen erwogen noch, die Spannung zu steigern, indem sie ihr Kommen hinaus zögerten. Dann war es 5 vor 11, und sie kamen dann, eine Guerilla-Truppe von Gallischen Rostbeulen und Schrottkarren, angerollt und durch Fehlzündungen sich kundgetan, korrodiertes Blech in Bewegung. „Ihr Franzosen, ihr seid das Salz in der Suppe".Sie reihten sich ein, gleich hinter dem Militärlaster, da war eine Lücke zu den Folgenden, wie verabredet, für die sich anschließenden Franzosen. Le grand Nation, aber mit „Laisser-faire".

Ich war zunächst sehr beeindruckt über die Selbstsicherheit und über die Geschlossenheit der Französischen Delegation und deren Auftreten. 11:25 Uhr, die Franzosen waren nach einem Motorhauben öffnen und dann doch anschieben eines Peugeot 503, nun auch startklar. Der Konvoi setzte sich in Bewegung und entschwand nach kurzer Zeit am Horizont, auf nimmer Wiedersehen _one way Trip! Alles was von hier aus in den Süden gestartet war, kam niemals wieder zurück. Marokko hatte diese Grenze, zu dieser Zeit, nur in eine Richtung offen, nach Süden, ausreisend. Es war offiziell unmöglich, aus dem Süden kommend wieder einzureisen. Unter Insider war der Betrag bekannt, welcher zu bezahlen wäre, der den guten Willen und die Bereitschaft der Zöllner aktivierte, um aus Mauretanien in Marokko wieder inoffiziell einreisen zu können. Denn die Besoldung, die Belohnung der Grenzsoldaten am Dienst dem Marokkanischen Vaterland, hier am Ende der Welt war vernichtend gering. Und sie besserten es auf, was solls aber auch. Das war bekannt und man erzählte es sich so, am Campingplatz.

Da am übernächsten Tag meine Ausreise bevorstand, darum wollte ich den ganzen Papierkram schnell hinter mich bringen um am Mittwoch frei zu haben.

Doch im Polizeibüro sagte man mir, alle Formalitäten wie Zollabfertigung, Ausreiseantrag und das Anmelden für den Konvoi, können erst am Mittwoch, am letzten Tag vor der Ausreise beantragt werden. Somit gehörte der Rest des Tages mir und ich legte heute schon meinen Urlaubstag ein.
Dann wollte ich ans Meer, mich gelüstete danach. Um frei zu werden von trüben Gedanken, mein Hirn wollte ich belüften, um nachdenken zu können über alles. Und ich musste wieder einmal richtig durch schnaufen, im Anblick der großmächtigen, allumfassenden, gütigen See. Und ich musste laufen und rennen und mich wieder fühlen können, dann war ich wieder ich selbst. Dann hatte ich wieder gefunden, ohne langes Suchen. Dann war ich wieder so wie überall, wieder all und ein. Ich brauchte keine Verlängerung meines umwerfenden, mich wieder aufrichtenden Gefühles am Meer. Keine Zusatzspielzeuge, um meine Lust auf das Weite und um das Weite, das Grenzenlose noch einmal erhöhen zu können. Ich war froh, dass mich kein Surfbrett, oder Lenkdrache belastete, mit welchen sich die Franzosen abspielten. Damit wäre mir nur die Freude an der Dramatik genommen gewesen. Nur gegangen, gelaufen, geschritten und am Strand getollt zu sein, hatte den jungen Hund in mir befriedigt. Dieses ganze Urlaubs- Equipment, hätte mir nur meinen Übermut genommen, den ich dort immer wieder empfinden konnte, beim All und Ein-Sein, am Meer. Diese Leidenschaft nach Grenzenlosigkeit, hielt sich in mir bereit und wartete nur darauf dass ich sie abrufe, seit 1978, als ein Gefühl, gleich einer Autobatterie, wie ein eingebauter Akku. Dieses Gefühl, verlangte wieder einmal danach, dass es aufgeladen sein möchte. Seit ich damals, vier Wochen, am Mittelmeer, im Frühjahr, das Ende des Winters und den Einzug des Sommers, am Meer, in der Camargue, verbringen konnte. Als ich mir frei nahm, von den Pflichten und

Erwartungen, mit denen ein siebzehnjähriger Lehrling konfrontiert wird. Seitdem zog es mich immer ans Meer, um dort „Ein-Sam" sein zu können. Denn das hatte ich damals gelernt, dass ich mich so beruhigen, mich so von traurigen Gedanken und meinen Selbstzweifel lösen und erlösen konnte.

Es ist die Frische und die Spannung, die aus jeder Welle, als Wasserhügel aus dem Ozean geboren, sich ans Ufer befreit. Die vom Meere sich löst, sich staucht und sich zuspitzt, am Kamm sich kräuselt. Dann krümmt sich die Welle auf der dem Land zugewandten Seite, dann bricht und überschlägt sie sich und rollt als schäumender Saum auf den Strand hinauf. Entgegen der Schwerkraft lehrt uns die Natur Mut zum Eigensinn. Mit ihrer extravaganten Macht will sie uns beweisen, sie selbst könne sich auch über eigene Gesetze hinweg setzen. Mein Gefühl sagte mir ganz klar, nur dort konnte ich mich wieder retten, und dabei auftanken, aus dem Odem des schäumenden, wilden Meeres. Nur wenn ich ein paar Stunden dort verbracht habe, im Grenzbereich des Meeres. Beim Atemholen der See. Wo sie sich gegenseitig schenken und sich nehmen, Land und Meer. Es verlangte mich wieder ins Reine kommen mit mir selbst. Nur in der lauten Stille am Strand war es mir möglich, mein Hirn zu befreien, vom Bleigrau trüber Gedanken welches immer versuchten meine Daseinsfreude zu verschleiern und mir diesen tristen Trauerflor überzuwerfen wollen. Ich empfand mich selbst als Sorgen schwer, altersschwach, leidgeprüft…

Meinen Elan, die Verrücktheit die ich bei meinem Aufbruch spüren konnte, meinen Tatendrang, den wollte ich mir einfangen und wieder zu meinem Leitfaden machen.

Nach einem halben Vormittag und nach einem dreiviertel Nachmittag, war ich wieder froh, ein junger Hund zu sein. Mit nichts anderem zugebracht, als mit mir selbst, Steinen und Sand, dem Meer und den Vögeln, und den Muscheln am Strand, und immerzu mit Laufen und in Bewegung sein. Ich hatte mich wieder beruhigt und hatte mich über mich selbst lustig gemacht, über meine eigene Trostlosigkeit.

–Danke Meer.

Als ich dann wieder in Dakhla eintraf und zurück von meinem Erholungs- Ausflug war, war dort schon Feierabendstimmung in der Stadt eingezogen. Der lärmende Umtrieb hatte sich dort mit einer beschaulichen Lethargie versöhnt. Und nur wenige Menschen schienen noch ihren Erledigungen nachzueilen. Mein Hunger hatte mir den Weg ins mir bereits bekannte Restaurant gewiesen.

Darin saß schon Walter, dessen Geländewagen vorm Restaurant parkte und der saß vor seinem Essen, vor Spagetti Bolognese, die Sauce war mit Hackfleisch vom Schaf zubereitet. Das wollte ich auch essen und möglichst auch noch einen Kaffee bekommen.

Mich begleitete wieder eine selbstverständliche, fast unerschütterliche Sicherheit, den Gral bald gefunden zu haben, als einer der Mitbesitzer des Universums zu sein, was ich mir immer merken wollte. In meinem Einverstanden sein mit mir selbst und der Welt waren alle Anwesenden mit der Leihgabe von Lebendigkeit, mit einer Aura einer geheimnisvollen Stimmung umgeben, wie wenn wir uns alle schon lange kennen würden, an einem Ort außerhalb unserer modernen Umgebung. Auch das pittoreske Ambiente und das einfache Mobiliar schien zu dieser Stimmung stilvoll perfekt ausgewählt zu sein. Meine Vermutung bestätigte sich wieder, bei einem fabelhaften Abenteuerfilm beteiligt zu sein. Das nächste Mal, da war ich mir sicher, auf dieser Tour besser vorbereitet und ausgerüstet zu sein. Denn sollte ich diese Reise wiederholen, werde ich auch eine Videokamera mitnehmen. Damit werde ich dann alle diese vollkommenen Momente für die Nachwelt dokumentieren und die Ereignisse mit Kommentaren vertonen. Ich werde alle meine Eindrücke, ja sogar meine Gefühle die ich dann momentan immer habe, in das Mikrophon der Kamera sprechen. Ab jetzt konnte kommen was wollte, ich fühlte mich wieder geborgen in mir selbst und in der Welt in der ich mich befand. Diese Welt, galt es zu erforschen. Meine gelassene Stimmung würde mir die Garantie für die kommenden Aufgaben und für die Wüstendurchquerung sein. Walter erkundigte sich über meinen verbrachten Tag. Er regenerierte sich auch am Strand, an einem einsamen Platz. Er hatte auch diesen Gewaltritt aus Deutschland hinter sich. Wahrscheinlich war er in einer ähnlichen Verfassung, wie ich, nachdem er hier ankam. Obwohl sein Fahrzeug einen solideren Eindruck machte, so bewegte er sich doch auch in einem alten Auto vorwärts. Es ist eine unabsehbare Herausforderung, mit einem alten, einem vom TÜV ausgesonderten Fahrzeug, diese lange Distanz zu absolvieren. Man kann sagen, besteht ein Fahrzeug diesen letzten Leistungstest nach Afrika und das auf seinen eigenen, rollenden Rädern, so kann man es mit guten Gewissen an einen Afrikaner verkaufen. Wenn dann damit viertausend-fünfhundert Kilometer bis Dakhla zurückgelegt und noch einmal zweitausend Kilometer durch die Wüste gefahren worden sind, dann wurden alle Fehlerquellen beseitigt, die unterwegs sich zeigten.

Mit diesem Anliefern wird bei jedem Auto, das aus der Wüste wieder herausfährt, der Eignungstest für Afrika abgelegt.

Er sagte mir, um das Auto zu reparieren, würde ich im Senegal, höchstens ein viertel des Betrages bezahlen, als hier. Warum wollte ich nicht dorthin fahren. Das Auto sollte ich dort reparieren lassen und es anschließend mit einem guten

Preis verkaufen. Eine selbst gewählte Situation, ist immer besser als aus einer Notlage heraus reagieren zu müssen. Er stellte mir diese Frage und stellte sie mir als einen neuen Denkansatz vor. Aber zu diesem Ergebnis war ich ja selbst schon einmal gekommen. Jedoch ist es aufmunternd, noch einmal bestätigt zu werden. Meine Spagetti schmeckten mir unvergleichlich gut, Spagetti a la Orientale.

Im Campingplatz nahm ich meine verdiente Nachtruhe ein. Und dann am nächsten Tag war ich für das ganze nervenaufreibende Prozedere, auf allen Amtswegen zu gehen, alle Formulare auszufüllen, auf Zoll, auf Militär und auf die Polizei gestärkt und gut vorbereitet. Den ganzen Vormittag verbrachte ich in kleinen stickigen Büros. Ich vertat meine Zeit meist mit warten, dass man mich abgefertigte und damit dass ich meine ausgefüllten Schriftstücke sortiert abgab, und dass bereits abgestempelte Formulare ein Büro weiter getragen werden mussten. Diese wurden dort erneut abgestempelt und von mir zurück zum Ausgangspunkt gebracht. Dort wartete bereits ein neues Papier, das dann denselben Weg noch einmal durchlaufen sollte. Für mich ein Gruselfilm, als devote Übung gedacht. Ruhig bleiben, und nicht heulen. Auch dann nicht wenn der Büromensch verlangte, dass die Liste der mitgeführten Gegenstände in dreifacher Ausführung abzugeben ist. Ich fragte ihn ob ich das nächste Mal einen Kopierer mitbringen solle. Dieses war eigentlich als Scherzfrage gedacht, doch der Gefragte zeigte sofort reges Interesse an einem solchen Objekt. Mir wurde dann endlich klar, die haben ja nicht einmal einen Kopierer, und das im Jahre 1997. In einem Zollbüro, am Ende eines Landes, wird an einem billigen Gerät gespart, weil der Vorgesetzte den Etat für Bürobedarf selber eingesteckt hat. Oder weil es überhaupt keinen Eta gibt. Und bis in alle Ewigkeiten werden die Reisenden diese

Listen dreimal schreiben müssen. Egal, was soll's.

Dann bin ich hinüber gegangen in die Werkstatt, dort haben sie in der Zwischenzeit das Schutzschild unter der Ölwanne angeschraubt.

Ich fand, mein Auto sehe mit dieser Zusatzausrüstung lustig aus. Mit einer Motorhaube über und einer unter dem Motor. Das vorne spitzer werdende Blech krümmte sich nach oben, wo man es an der Stoßstange mit einem starren Draht befestigte. Und es sah aus als hätte man mein Auto mit dem Wellenbrecher eines Schiffes versehen. Oder es sah aus wie der Kopf eines Flamingos´, den er um 180 Grad verdreht hatte, um Wasser zu filtrieren und um Krebschen zu ernten. So, als wäre ich damit aus einem Mad Max Film heraus gefahren. Die Wüstenkulisse passte perfekt dazu. Und so brachial improvisiert, als wär's am Ende der Zeit, am Anfang einer anderen Wirklichkeit. Selbst ich war zu einem Mad Max geworden, wenn ich an mir hinunter schaute. Nach nur fünf Tagen, seit meinem Aufbrechen, sahen meine Kleidung und Schuhe so abgetragen und verschmutzt aus, als wäre ich schon seit Wochen auf Achse. Doch ich war glücklicher und zufriedener wie ein junges Schweinchen und ein junger Hund dazu. Morgen, um diese Zeit, werde ich auch dabei sein, diese lange, breite, furchtbar Schicksalsschwere Einbahnstraße, als Teststrecke auserwählen. Meine Begeisterung und meine Widerstandskraft würden mir helfen durchzuhalten und um ein Stück weiter dahin zu kommen, wohin es mich zog. Mir war es egal was all die Anderen sagten. Sie sagten, es ginge nicht so, wie ich es mir vorstellte. Die hatten sicher Recht, aus ihrer Sicht der Dinge. Jedoch waren sie nicht ich. Nun war ich schon einmal bis hierher gekommen und darum würde ich auch den Rest des Weges zurücklegen können, bis an mein Ziel, bis nach Dakar.

War ich doch noch lange nicht am Ende, nicht deprimiert

oder eingeschüchtert genug, um klein beizugeben und noch nicht am Ziel meiner Reise. Wie leicht hätte ich mir sagen können, das Auto werde ich diesem orientalischen Geschäftsmann verkaufen und dann trampe halt zurück. Das würde ich aber niemals tun. Das wäre dumm gewesen. Ich hätte dann klein beigegeben. Dann machte ich einen klaren Schlussstrich unter diesen Negativrechnungen. Mein Plan sah doch ganz anders aus. Und warum soll ich dem Händler das Auto fast schenken? Ich wusste, dass es noch andere Werkstätten in Dakhla gab, aber auch dort würde man genauso auf das „Greenhorn" reagieren und versuchen es „übers Ohr zu legen od. hauen". Das war mir doch schon lange klar. Wollte ich mir nicht einen neuen Kulturkreis entdecken, das war doch mein Vorhaben gewesen?! Zwischen hier und meinem Ziel warteten nur noch dieser kleine Sprung durch die Wüste und der noch kleinere Sprung über die Grenze nach Mauretanien. Wenn sie mich, an der Grenze nicht nach Mauretanien einreisen lassen wollten, so würde ich einfach solange an der Grenze warten, bis sie sich's überlegt haben würden und sich eines Besseren besonnen hätten. Diese Mauren_ Punktum. Walter sagte das auch. Er sagte: „Fahre ruhig mit an die Grenze. Wenn sie dich nicht gleich einreisen lassen, so musst du eben eine Zeitlang an der Grenze stehen. Irgendwann müssen sie dich einreisen lassen, denn sie können nicht einfach zusehen, wie jemand in der Wüste jämmerlich krepiert und verdorrt".
Jedoch hatte er keine Vorstellung, und ich auch nicht, mit welcher Halsstarrigkeit die Grenzer Mauretaniens, die Ausdauer und das Durchhaltevermögen dummer Europäer auf die Probe stellen könnten. Sie die ehemaligen Nomaden, sie, die seit Generationen das Überleben auf wasserloser, heißer Herdplatte testeten, sie die Wüstenwanderer und Kameltreiber, sie, die Harten und Erbarmungslosen. Weil sie

so wurden wie ihre Umwelt ist, um sich ihr stellen zu können.

Als dann der große Tag anbrach, war ich schon vor Sonnenaufgang auf den Socken und hatte das Kühlwasser kontrolliert und wieder nachgefüllt. Wahrscheinlich war ich doch kein Franzose, als solcher, ein gelassener Genussmensch. Sondern doch ein wichtigtuerischer Deutscher, der nur manchmal etwas unordentlich seinen Planungen nachging.

Der Genuss einer Omelette aus drei Eiern, zum Frühstück in der Stadt, versorgte mich mit der Kraft für den langen Tag. Ich gesellte mich danach zu den, wie vorgestern gesehen, die wie in der Formation wandernder Gänse, hinter dem Militärlaster Wartenden. Dann kamen auch bald Walter und Sam. Der Bure, auf seinem Motorrad, wurde gleich von allen Anwesenden begrüßt. Dieser Kerl zeichnete sich durch seine Freundlichkeit und seinen natürlichen Humor aus. Mit ihm sah ich schon Franzosen sich unterhalten, obwohl sie sehr ungern Englisch redeten. Weil sie sich sehr hart mit dieser Sprache tun. Die Franzosen. Sam gab mir die Sicherheit, man brauche nicht viel Ausrüstung als Wüstenreisender. Er selbst hatte auch nichts Überflüssiges dabei. Ich sah einen Kompass, ein Zelt, einen Schlafsack, einen Esprit-Kocher mit Blechteller und Besteck. Eine Seitentasche war für Kleidung reserviert, in der anderen Seitentasche war etwas Werkzeug und Motoröl. Und einen Reservereifen hatte er dabei. Einen zehn Liter Kanister mit Trinkwasser hatte er sich ans Gepäck gebunden. Und einen zehn Liter Kanister für Reservesprit zwischen den Rollen des Biwak-Zeltes und des Schlafsacks verstaut. Kurz vor elf Uhr, kamen wieder die Gallier, diesmal nicht so spektakulär, wie bei der letzten Abfahrt und sogar pünktlich waren sie auch. Aber das mag daran gelegen haben, dass die vier Japanischen Fahrrad-Reisenden bei den Franzosen mitfuhren. Die Fahrräder wurden auf einem alten Renault-Kies-Kipper untergebracht, auf dessen Ladefläche die Plastik Blase eines Wohnwagens montiert war. Denn Japaner erschienen mir immer als pünktlich, ordnungsliebend und pflichtbewusst. Und adrett, und zuvorkommend und freundlich zu sein. Japaner können einfach nicht zu spät kommen. Und es ging auch gleich schon los. Zurück, der Landzunge folgend, zurück auf der Straße, an der Stelle vorbei, wenn das Land sich tailliert und auf beiden Seiten das Meer gesehen werden konnte. Danach hatte der Konvoi sich die Steilküste mittels der Serpentinen-Straße hochgeschraubt. Der Konvoi bewegte sich in einem gemächlichen Tempo vorwärts. Dank des alte Militär-Lasters an der Spitze war es mir die Garantie, dass die gefahrene Geschwindigkeit, die Leistung meines Motors nicht überforderte. Im Rückspiegel sah ich sogar die Franzosen mit den Japanern Halt machen, um noch schnell ein paar Schnappschüsse für die Nachwelt zu konservieren. Die Franzosen machten vielleicht solange Brotzeit. Typisch, Franko-Japanisch.

Oben auf dem Plateau stoppte der Zug das erste Mal, um auf die Nachzügler zu warten. Ich konnte bei der Gelegenheit das verbrauchte Kühlwasser nachfüllen. Mit dem Marokkanischen Militär an der Spitze, bewegten wir uns in dieser Geschwindigkeit vorwärts, wobei auch der Langsamste nicht aus dem Tritt fällt. Diese müßige Bummelei wäre undenkbar bei einem von Deutschen organisierten Militärtransport. Wenn die Deutschen in der Wüste leben würden, dann gäbe es auch schon lange keine Wüste mehr, denn sie hätten in ihrer Gründlichkeit den ganzen Staub und Sand zusammen oder hinweg gekehrt. Oder aus dem Sand und den Steinen hätten sie Zement gebrannt und damit alles zubetoniert, damit sich alles besser sauber halten lassen würde. Dann hatten die Bummler zum Treck wieder aufgeschlossen, und es ging an dem gebrochenen, gerupften, vom Wind ausgeschliffenen Klippe, am Meer entlang weiter. Dann lenkte der Militärlaster zuerst nach Westen fahrend, im rechten Winkel, nach Süden in die Wüste ab. Dann wurde noch ein paar Mal gehalten, dabei konnte ich prima mein Auto mit Kühlwasser versorgen, die Japaner konnten ihre Fotos und die Franzosen Brotzeit machen. Nach sechs Stunden Fahrt war das Tagesziel erreicht. In der Wüste, an einem eingeebneten Parkplatz, vorgesehen für die nächtliche Pausen der Konvois. Um am nächsten Tag in Mauretanien einreisen zu können. Dieses Pausieren kurz vor der Grenze war ein gut gewählter, touristischer Höhepunkt des militärischen Reiseunternehmens. Ein fein inszeniertes Campen in der Wüste, mit erhöhtem Abenteuercharakter. Wieder teilten sich die Lager nach Nationalitäten und Ethnien auf, in Nachbarschaft der Mienen.

Der Rastplatz machte auf mich den Eindruck einer weit außerhalb jeder Ansiedlung exponierten Müllhalde. Leere Flaschen und Blechdosen, Plastikverpackungen die auf das Wohlstand Verhalten, konsumorientierter Mitteleuropäer und Touristen anderer Herkunft hinwies. Unrat lag verstreut, oder in achtlose Müllberge aufgeschichtet. Bei diesem Anblick hatte sich mir schnell wieder die Bezeichnung `Touristen´, für meine Mitreisenden, verächtlich auf meine Zunge gelegt. An den Plätzen, abgelegen hinter Dünen, wo die Mauretanischen Autoschieber ihre Lager errichtet hatten, sah es genauso aus. Und noch schlimmer, denn als noch schlimmer war mir der Zustand, wie sie mit ihrer eigenen Natur umgingen, für mein Weltbild. Sie als die Nachfahren der Nomaden, welche die Wüste in ihrem zerbrechlichen Systemen als Heimat ansahen. Hatten die alles vergessen, was ihre Väter und Mütter ihnen erzählten? Und um so in Harmonie, mit ihrer Umwelt zu lebten. Warum können die ihren Müll nicht mit Nachhause nehmen. So stellte sich mir die Frage. Denn ich hatte die Vorstellung, hier diese Menschen zu treffen, die sehr achtsam mit der Natur umzugehen gelernt hatten? Ist nicht die Sahara die Wüste die sich am schnellsten ausbreitet und sollte deswegen auch sehr sorgsam behandelt werden? Meine Väter und Mütter sagten mir, verlasse die Natur immer so, wie du sie wieder antreffen möchtest . Und so werde ich auch von hier wieder Müll mitnehmen müssen. So bin und bleibe ich halt ein Natur-Don Quichotte, mit Putzauftrag.

Als nächtlicher Spaziergänger war ich der Besucher aller Gruppen und Feuerchen die brannten. Manchmal hatte ich das Gefühl, als begegnete man mir mit Misstrauen.

Es brannten vier oder fünf kleine Feuerchen. Und es war verpönt, sich unter den Gruppen auszutauschen. Als hätte man was zu verbergen, oder als sähen sie sich als Geheimbünde an, die Angst hätten, ausspioniert zu werden, anstatt aus dem gefundenen Brennmaterial zusammen ein schönes großes Feuer zu machen. Walter und Sam war das anscheinend auch aufgefallen und auch zu blöd. Die hatten sich auch schon zur Ruhe begeben, der eine in seinem Auto, der andere in seinem Biwak- Zelt. So legte ich mich auch schlafen. Nix los, keine Disco weit und breit.

Am Morgen, welch eine flirrende Klarheit umgab uns bunten Eindringlinge. Aus den gedämpften Erdfarben der Natur stachen die Lack gefärbten Fahrzeuge der Autoschieber wie mitleiderregende, zerbeulte Raumschiffe, Besucher eines fernen Planeten hervor. So fremdartig wirkte auch der plötzlich eintretende Trubel, der sich aus Daunen-Schlafsäcken Entwundenen. Sie putzten ihre Zähne, manche rasierten sich und gingen oder kamen, mit einer Rolle Klopapier in der Hand, von morgendlichen Streifzügen aus den Dünen zurück. Immer darauf achtend, in keine Miene oder den Haufen eines Vorgängers zu treten. Denn es würde sich un-pietätisch weitererzählen lassen, er starb, als er einen Kackplatz suchend, auf eine Miene trat. Welch ein Schicksalsschlag, welch ein Nachwort. Es begann nach Kaffee zu duften, es waren die Frauen die für dieses Tun eingeplant waren. Die Männer rauchten oder schraubten an den Fahrzeugen herum. Die Mauretanier kochten ihren Tee auf mitgebrachten Tee Stövchen, geheizt mit Holzkohleglut. Alsdann verschwanden sie in eine Richtung und einem Ziel entgegen, das nur sie kannten, ohne einen Abschiedsgruß zu hinterlassen. Typisch Maurisch. Mein Frühstück bestand wieder aus ein paar Schluck Wasser und dazu aß ich zwei Äpfel. Mir wurde es etwas mulmig, als ich darüber nachdachte, ob mich die Mauren wohl einreisen lassen würden. Und beruhigte mich mit dem Gedanken, irgendwas ginge doch immer, was mir in „Monako-Franz-Stimmung" einfiel.

Der ehemalige Konvoi löste sich in seine Individuen auf. Die Formation entließ ihre Zellen aus der sie bestand. Gelöst wie aus einem beschützenden Mutterschoß, zogen sie entlassen als Einzelkämpfer in einen ungewissen Vormittag.

Der marokkanische Militärlaster blieb zurück, denn hier endete das Marokkanische Hoheitsgebiet.

Nach einem Kilometer endete auch die alte Kopfsteinstraße und wurde zu einer löchrigen Fahrbahn, welche nur noch als Steinbruch bezeichnend gewesen war und genauso unbefahrbar. Diese war siebzig Jahre alt und in der Spanischen Kolonialzeit, von Zwangsarbeiter erbaut. Seitdem ihrer selbst und der Wüste überlassen. Es heißt, jeder errichtete Kilometer dieser Straße, kostete ein Menschen Leben. Sandfelder und Dünen überzogen die letzten Fragmente der Straße. Solange ich freie Fahrt hatte und kein

Fahrzeug, meinen Weg versperrte, driftete ich mit dem Auto hemmungslos über Dünen und durch die Sandfelder. Einmal trat eine Verkehrsstockung vor mir auf. Nach längerem Verweilen und Beobachten der Vorgehensweisen, wie und welche Route die anderen wählen würden, um dieses Sandloch zu bewältigen, in dem sich schon drei Fahrzeuge festgefahren haben. Mir schien, eine unüberwindliche Barriere, in einem Hohlweg zwischen zwei Dünen, präsentierte sich und zeigte sich als Stockmaß, als das Einfahrtstor in die wirkliche Wüste. Als Warnung und als Beispiel, als eine Richtlinie auf künftige Hindernisse, hindeutend, wie unwegsam sich die Wüste, für Straßen Autos zeigen kann. Als die Erste und auch als die letzte Warnung, um den Uneinsichtigen noch einmal zur inneren Einkehr zu bitten. Damit sich jeder noch einmal fragte, ob er sich nicht doch eines Besseren besinnen könnte, das jedenfalls fragte ich mich dabei.

Der Verkehrsfluss war hier verstopft, verkeilt und erlahmt. Zuerst mussten alle diese Autos aus ihrer Stagnation befreit werden, bevor ein Weiterkommen für die Wartenden sich bot. Diese Gruppendynamik, die sich dann aus dieser Zwangslage heraus entwickelte, könnte für egoistisch oder eigenbrötlerisch denkende Menschen als ein Schlüsselerlebnis fürs weitere Leben sein. Ungefragt der Herkunft oder der Sprache, die die in Not geratenen sprachen, man verstand sich, man half sich einfach. Kein „Comment?", nur noch „Merci!", war zu hören. In kürzester Zeit war dem reserviert sein Freundschaft gewichen. Alle verstanden sofort, was Sache war. Die elementare Situation, Menschen in der Wüste und in Notsituationen, sie mussten sich gegenseitig helfen, nur als ein Ganzes gab es ein Weiterkommen. Alle Sprach- und Verständigungsprobleme, welche man in der Stadt antraf, oder am Vorabend, bei den Feuerchen, alle waren sie aus der Welt geräumt. Selbst als ich später in Roufisk bei Dakar, auf dem Campingplatz, ein Französisches Pärchen, welches an dem Konvoi beteiligt war, wieder traf, war dieses freundschaftliche Gefühl sofort wieder hergestellt. Obwohl wir, auch da, nicht richtig miteinander reden konnten. Ich konnte die gute Laune und das Vertrauen, das man sich an diesem Ort schenkte, genießen, fast darin eintauchen und mich geborgen dabei fühlen. Aus solchen Erlebnissen können wir modernen Menschen die nötige Kraft tanken, im anonymen Alltagsleben zu bestehen. Als ich an der Reihe war, das Sandloch zu passieren, hatten wir die Drei stecken Gebliebenen schon befreit. Weil ich meine Sache gut machen wollte und nicht wusste, wie im Sand richtig gefahren wird, nahm ich von meinen felsigen Plateau aus kräftig Anlauf. Als ich dann in das Sandfeld eintauchte, wurde auch gleich mein Schwung abgebremst, so schaltete ich einen Gang tiefer, trat das Gaspedal durch und hatte mich augenblicklich fest gefahren. Interessant, jetzt war's passiert, ich steckte fest. Die aus dem Sandloch befreiten Franzosen mit ihren Fahrzeugen waren weitergefahren und steckten 100m entfernt, in einem anderen Sandloch auch schon wieder fest. Das war die Gelegenheit mein Equipment auszupacken und in der realen Notsituation zu testen. Ich grub alle vier Reifen frei und schob die Bretter unter die Reifen, um auf den Brettern aus den Gruben herausfahren. Doch so wie Walter mir bereits prophezeite, die Reifen fanden auf dem glatten Holz keinen Halt und drehten darauf nur durch. Also lag es daran, dass der Anstellwinkel der Bretter zu steil war. Gemäß dieser Überlegung, grub ich dann den Anstellwinkel für die Bretter flacher aus und legte meine inzwischen verhassten Bretter wieder vor die Reifen. Auch beim zweiten Versuch war das Resultat das Gleiche wie beim ersten Versuch, die Reifen fanden einfach keinen Gripp auf dem Holz. Es war ein unpraktisches Werkzeug, diese Bretter. Dass das Bodenblech des Autos plan auf dem Sand auflag, wäre der Grund warum sich das Auto nicht bewegte, überlegte ich und da die Räder so tief im Sand steckten. Dann schaufelte ich noch den Sand unter dem Auto weg. Beim nächsten Versuch befreite sich das Auto aus der alten Position, jedoch blieben die Hinterräder, in den Mulden der Vorderräder stecken. So hatte ich nach einer halben Stunde harter körperlicher Arbeit nicht einmal eine ganze Fahrzeuglänge auf dem Weg nach Dakar zurückgelegt. Wenn es hier Schnecken gegeben hätte, hätte mich sicher eine überholt. Und dann, Voilá, hatten mich die vorausfahrenden Franzosen doch nicht vergessen. Sie kamen zu viert, jeder mit einem schweren Sandblech, zurück, um mir aus der Patsche zu helfen. Jeder arbeitete dann an einem Reifen, die breiten Sandbleche wurden mir unter die Reifen gelegt. Dann gaben sie mir die Startkommandos, avant und marche. Alle vier schoben kräftig mit, und ich war mit meinem Auto aus dem Arrest befreit. Nach hundert Metern wartete schon das nächste Sandloch-Hindernis, in das ich auf dieselbe Weise und mit demselben Erfolg hineinfuhr. Jedoch, ich konnte durch die lange Anfahrtsstrecke mehr Schwung erzielen und fuhr mit einer höheren Geschwindigkeit in das Sandloch hinein. Aber wie beim ersten Mal, wurde der Schwung im losen, tiefen Sand schnell abgebremst, und als ich einen Gang tiefer schaltete, gruben sich die Reifen sofort wieder ein. Hätte ich die von den vorausfahrenden Franzosen gegrabenen Löcher und den somit entstandenen Sandhaufen nicht im Slalom ausweichen müssen, dann wäre ich durch das Sandloch hindurch gebrettert. Aber dann kamen meine vier französischen Freunde auch schon wieder mit den Sandblechen angelaufen. Ich hatte die beiden vorderen Antriebsräder bereits freigeschaufelt, auch war das Auto nicht so tief festgefahren wie beim ersten Mal. Die Franzosen legten zwei Sandbleche unter den Antrieb und schoben mich heraus, aus dem Eingewachsen sein des Sandes. Doch irgendetwas passierte, als die Hinterräder des Autos auf die Bleche auffuhren. Ich bemerkte wie die hintere, rechte Partie des Wagens etwas angehoben wurde, fast so als hätte das Blech sich verkeilt gehabt und sich in Längsrichtung aufgestellt, als das Hinterrad darüber, hinweg rollen sollte. Ein Frontantrieb ist einfach ungünstig für ein Wüsten Fahrzeug. Danach fuhr ich wieder auf festem Grund und schloss hinter den anderen Autos auf. Als meine französischen Freunde mit ihren Schaufeln und schweren Blechen auch den Fahrzeugpulk erreicht hatten, deuteten sie gleich auf den rechten Hinterreifen meines Wagens und sagten, ´trou, dans le roue´. Da brauchte ich kein Französisch sprechen, um das zu verstehen. Ich hatte hinten auf der Fahrerseite einen Platten gefahren. Der Reifen war platt wie ein Pfannkuchen. Des Reifens Innenseite hatte sich mit einem 5cm langen Schlitz geschmückt, konnte ich feststellen als ich mit der Hand über die Reifeninnenseite strich. Die Stunde der Wahrheit war jetzt gekommen, hatte ich überhaupt einen Reservereifen dabei, und wo konnte der wohl sein? Im Kofferraum, unter dem Zwischenboden, wie bei allen Autos wahrscheinlich auch. Also ein Reserverad war vorhanden und ein Wagenheber mit Radschlüssel auch. Das war schon einmal gut. Dem Wagenheber hatte ich ein Sandblech untergelegt, damit er beim Hochhieven des Autos nicht in den Sand gedrückt würde. Schnell hatte ich die Räder ausgetauscht und das Auto wieder herabgelassen. Und, die Situation war unverändert. Die Felge saß genauso wie vor dem Radwechsel, unverändert auf einem platten Reifen auf. Höchstwahrscheinlich war dem Reifen durch die lange Lagerzeit, die Luft ausgegangen. Die Franzosen hatten sofort eine Luftpumpe zur Hand und pumpten meinen Reifen auf.

Doch vergebliche Liebesmüh, in dem verbarg sich auch eine undichte Stelle. Logisch, der kam ja auch aus einem Geheimfach. Die Retter sagten mir, gleich hinter der nächsten Kuppe wäre der Grenzposten, von dort aus wäre es nicht mehr weit bis nach Nouhadibu. Und diese Strecke wäre leicht zu befahren, auch mit einem Platten Reifen. Und jawohl, ich hatte jedes Wort dieser Ausführung verstanden. Das lag daran, wir hatten, mehrere Stunden miteinander verbracht, uns zusammen Hindernissen gestellt und uns gegenseitig geholfen. Und wir waren jetzt auch Freunde und hatten gelernt uns zu verständigen. So einfach funktioniert Völkerverständigung. Als die sahen, dass auch der Kofferraum total leer war, außer dem vollen 5l Reservekanister und ich so unvorbereitet auf diesen gefahrvollen Trip gegangen bin. Ich glaube die waren sogar beeindruckt von meiner Tollkühnheit. Einer sagte, er könne nicht verstehen, dass auch ich ein Deutscher wäre, wo doch immer alle Deutschen auf alles vorbereitet wären und ich so ausgerüstet, wie Tarzan wäre. So habe Ichs jedenfalls verstanden. Den aufgeschlitzten Reifen warf ich zum Reservekanister in den Kofferraum, damit dieser nicht so alleine war. Ich rollte weiter mit den Franzosen über die Kuppe und durch tiefen Sand dieser Düne hinab, auf den Grenzposten zu.

Dieses mauretanische Grenzbüro war nichts weiter als ein Unterstand. Der Büroraum, war nur spartanisch aus rohen, unbehauenen Steinen, etwas schief zusammen betoniert. Der schmale Vorbau des Schalters war daran seitlich in den festen, verfrachteten Sand gegraben, und auch mit einem buckligen Gemäuer eingefasst. Das Wellblechdach des Gebäudes war rostig und zerknittert. Von des Sandwinds Schleifarbeit war die Verzinkung ab poliert. Die Stützen des Vorbaues bestand aus unbehauenen Teilen von Bäumen. In

Astgabeln haben die Mauren die Querbalken des Daches, mit Stricken kunstvoll eingebunden. Darüber spannte sich das niedrige Blechdach, welches mit flachen Steinen beschwert war. Auf der windgeschützten Seite der Grenzstadion kochte gerade ein Uniformierter am offenen Feuer, wahrscheinlich schon das Mittagsmahl, in einem schwarzen, rußigen Topf. In den schmalen, niederen Vorbau gezwängt, den ausgefüllten Einreiseantrag vor mich hinhaltend, war mir so geduckt stehend schon klar, dass die nächsten Sekunden über den weiteren Verlauf meiner Reise entscheiden würden. Der Grenzbeamte sah den Formularbogen an und bemerkte dazu, die Namen der Eltern wären nicht vollständig. Es fehlte der Mädchenname meiner Mutter. Der Typ in seinem Büro machte einen sehr resoluten, nahezu überheblichen, fast schon einen arroganten, mit Sicherheit aber einen humorlosen Eindruck auf mich. Als ich den Mädchennamen meiner Mutter gleich nachtragen wollte, wies er mich an das sollte ich draußen erledigen. Somit wurde der Nächste aufgerufen, um abfertigt zu werden. Wieder wartete ich in der Gruppe, um zur erneuten Ablehnung aufgerufen zu werden. Walter meinte dazu, er hatte dieses demütigende Einreiseritual schon zwei Mal durch gestanden. Ihm schien es, als ginge es diesmal sogar zügiger über die Bühne, als die beiden Andermal. Als letzter wurde ich dazu aufgerufen, um abgefertigt zu werden. Gleicher Verschlag, um wieder krumm und gebückt zu stehen zu müssen. Was machen die anderen, die groß sind, mit 1,85m oder noch größer? Dieses Mal waren die Angaben zu meinem Vater nicht vollständig und er fragte mich nach dem Beruf meines Vaters. Mein Vater war gelernter Schmied, doch wusste ich nicht das Französische Verb, welches diesem Beruf entspricht. So sagte ich das Englische Wort, Smith, dafür. Was er aber nicht verstehen konnte. So demonstrierte ich ihm, mit einem fiktiven Hammer in der Faust, Schläge auf einen imaginären Amboss ausführend, die Tätigkeit eines Schmiedes. Dazu intonisierte ich das Geräusch der Hammerschläge, bamm, bamm... Ah..., sagte er, Forgeron...! Ich hatte den Eindruck, als sagte er dies mit einem kurzen Anflug eines Lächelns um die Augenpartie. Er trug dieses Wort auch selbst in die dafür vorgesehene Spalte ein. Dann blätterte er in den letzten Seiten meines Reisepasses, um den Visa-Eintrag zu finden. Er stellte bald das Fehlen eines solchen fest. Und ungerührt sagte er, no Visa, no Entree. Merci Monsieur, au revoir.

Wieder draußen, erkundigte sich Walter sich über den Ausgang meiner Verhandlungen. Er meinte, etwas erreichen zu können, da er ein gutes Französisch sprach. Und er setzte sich für mich ein, unter dem Vorbau. Das hatte den Erfolg, dass der Beamte aus seinem Büro heraus kam und mir den Weg zurück nach Marokko, mit den Händen wies. Nun schalteten sich auch meine Französischen Freunde mit ein und sagten, ich könne gar nicht zurückfahren, da ich einen Plattfuß im Reifen hätte. Außerdem auch kein Reserverad. Der Beamte zeigte sich unbeeindruckt davon. Er sagte wohl, Vorschrift ist Vorschrift, und über diesen Grenzposten komme man nur mit gültigen Papieren. Die Zöllner sagten mir, ich müsste wieder zurück auf die Düne fahren, denn hier wäre bereits Mauretanisches Hoheitsgebiet. Auch weitere Argumente meiner Mitreisenden konnten an dem Drängen des Zöllners, dass ich schnellstmöglich von hier zurück nach Marokko verschwinden soll, nichts ändern.

Meine Freunde verabschiedeten sich mit den Worten, Bon Chance. Walter sagte, es wird sich schon etwas ergeben. Und außerdem kommen ja bald die anderen, die mit ihrem Omnibus, angerückt. „Warum"? Fragte ich. „Hast du nicht den Deutschen Omnibus mit den Schwaben, im Sandfeld stecken sehen"? Die konnten wahrscheinlich mit ihrem

Omnibus nicht bei ihrem Konvoi mithalten und blieben zurück. Nein, die hatte ich nicht gesehen. Ich war sicher zu sehr mit irgendwas anderem beschäftigt.

„Also mach es gut, Alter". „Servus, Walter…" Auch er verließ mich, allein, war wieder All und Ein.

Mutterseelen allein… Auf weiter Flur…Heroisch.

Ich stellte mich dann mit dem Auto vor die Düne. Inzwischen war es 16:00 Uhr. Der Abend begann langsam sich kund zu tun. Die Hitze hinterließ diese staubige Wärme und sehnte sich nach dem Aroma von Wein auf den Lippen. Vor mir hatte ich jetzt diesen blöden Grenzposten, als Zentrum in meinem Wüsten- Panorama- Bild, mitten hinein fokussiert. Von meinem Autositz aus einsehbar. Durch die Windschutz Scheibe betrachtenswert. Sie hatten jetzt sogar einen Schlagbaum. Den hatten sie über ein Tor, welches aus zwei in den Boden gegrabenen Astgabeln konstruiert war gelegt. Da haben sie ja ihren sch… Grenzübergang… Bürokraten, Wichtigtuer, Deppen. Was geht mich dieser ganze Schmarren an. Die Suppe schien endlich fertig zu sein. Den rußigen Topf trägt der Smutje in die Hütte hinein. Soll ich hingehen und fragen, ob ich was abhaben kann. „Nö, bestimmt nicht…"! Lieber würde ich den Sand auslutschen. Ich hatte ja noch Wasser, Haferflocken und Äpfel. Damit halte ich es locker fünf oder sechs Tage aus.

Dann waren sie wohl mit dem Abendessen fertig und einer kam auf mich zu. Vielleicht bringt mir der etwas zu Essen mit? Von wegen, er sagte, ich solle mich ganz hinauf auf die Düne verziehen, „…comprends".

Das hatte ich, auf Befehlston mäßiger Anweisung, dann zweimal versucht, aber immer auf halber Höhe des Hügels gruben sich die Vorderräder in den losen Boden ein. Doch ich kam beide Male wieder frei und rückwärts fahrend wieder auf den ebenen und festen Boden hinunter. Dann hatte ich

den Gedanken, versuchsweise könnte ich den Hügel rückwärts fahrend angehen. Und so gelangte ich, wie ein Krebs, im Rückwärtsgang bis auf die Kuppe der Düne hinauf. Von dort war auch die Aussicht besser, mit tollem Ausblick auf ein sich entfesselndes Abendrot, mit Wein und Apfel, als Abendbrot. Und das Gefühl ein „lonley Cowboy" zu sein bemächtigte sich meiner. So saß ich in meinem Drachennest und konnte eine Weite, eine Weite, die durch keinerlei menschliche Partikeln verunreinigt war überblicken. Und in meinen Gedanken sang, Lucky Luke sein „ lonely- Cowboy-Lied". Ich hatte mein Asyl gefunden, nach dem ich schon immer suchte. Ich machte aus dem Niemandsland, zwischen zwei Ländern, auf welches keines von beiden einen Anspruch erheben konnte, meine Bastion des freien Atmens, des grenzenlosen Schauens, des Hemmungslos Denkens. Wenn keiner den Streifen Land, auf dem ich mich befand sein Eigen nennen durfte, so fühlte ich mich als sein Eigentümer, als sein Besitzer und Bewohner. Ich war der einzige Mensch auf diesem Sandstreifen. Begrenzt von Landesgrenzen mit Abschirmung durch ein Mienenfeld, nach Marokko. Mein Land war ungefähr einen Kilometer breit und eintausend Kilometer lang. Und sicher geschützt, fast uneinnehmbar…
Ich annektierte es und nannte es Peter-Wittmeier-Land.
Das war mein Königreich und ich war König Petro I.
Das erste Gesetz das ich erließ war, dies ist der erste rein anarchistische Staat und es gibt keine Gesetze, Basta.
Alle Mit- Könige, die sich noch in Zukunft hier ansiedeln werden, möchten oder müssen, stattete ich im Voraus mit den gleichen Rechten, aus wie mich selbst. Jeder darf König sein. Denn der zweite Grundsatzartikel, den ich in den Sand geschrieben hatte, lautete, teile und herrsche. Für Jeden und für Alle. Schon, um diesem Begriff eine menschliche Bedeutung zu geben. Wieder ging die Sonne unter und

hinterließ leuchtende Farben, wie auf einem auf glasiertem Himmelsprisma. Wie metallische Oxyde, heiß in Keramik eingebrannt, wie lodernde Farben unter starker Hitzeeinwirkung hervorgerufen. Eine Transparenz, als wäre ein Kristall angeleuchtet. Erzeugt, wie aus einer Musik von Farben, eine Melodie sichtbar gemacht, gemalte Töne, dem Medium aufgedampft. Dumpfe Mutlosigkeit, gestöhnt und gejammert, verzehrt sich selbst. Monströser Kathelisator, schillernde Materie des Lichtes, dem Äther eine Sinfonie erzählt. Jede Rührung, verbietet sich selbst, kein bisschen Selbstmitleid blieb mehr übrig. Trauer, Wut und Enttäuschung würden einfach verdampft von der Schönheit um mich herum und der Atem des Großen, schnauft mir durch und durch. Wenn nicht heute, vielleicht kommt morgen die große Chance, über die Grenze zu kommen. Hier halte ich es noch lange aus, denn hier konnte ich finden, was ich schon immer suchte. Der Tröster hieß Freiheit und war so treu wie Wechselgeld. Und Zarathustra sagte mir durch Nitsche, dass ich Recht hatte, auch das fiel mir ein. Mir blieb diese Freiheit eines Baumes, nein eines Steines, denn ich bin Petro, der Stein, fixiert an eine Stelle, meiner Stelle die ich einnehme. Egal, ob ein Stein in Zufriedenheit in die Erde gebettet ist, oder mit Stolz, majestätisch auf einem Berge thront. Sein materielles Selbstverständnis, mit der er sein Volumen ausfüllt, fordert seine dreidimensionale Präsenz. Egal wo er sich befindet, über oder unter der Erde, oder windschief in die Hütte, da unten eingemauert. Dort war niemand mehr zu sehen.

Aber hier oben war das Drachennest.

Dann war es Zeit zu schlafen, den Polarstern und den großen Wagen, konnte ich im Rücksiegel sehen. Unten bei der Grenzstadion, glomm noch die Glut des Feuers, einer welken Blume gleich. Nein, eher wie eine Rosenknospe, kurz bevor sie sich öffnet. Ihre Suppe hatten sie sicher schon ausgelöffelt. Die Knechte, des staatlichen, langen Armes. Schlaft gut, ihr Lieben, auch wenn ihr es nicht für möglich haltet, ihr seit auch Mitbesitzer des Universums.

Am nächsten Morgen fühlte ich mich so ausgeruht, wie die letzten Tage nicht mehr. Mein Schlaf der Nacht, war so tief und so fest. Wahrlich, königlich. Um sechs Uhr Morgens, durchstreifte ich meine Ländereien, auf der Suche nach scheuen Nachbarn, im Geäst verdorrter Gewächse und am Boden, zwischen den Dünen. Die Ausbeute war gering, ich konnte nur die Spuren nachtaktiver, kleiner Reptilien ausmachen, von Eidechsen oder Geckos stammend. Jedoch, das Entdecken der schwarzen Metallköpfe, im morgendlichen Sonnenglanz, der freigewehten Mienen, im Sand unregelmäßig verteilt, erschreckte mich bis in die Knochen. Meine naive, gutgläubige Vorstellung, so etwas wären nur böse Gutenachtgeschichten, mit denen Touristen eingeschüchtert werden, belehrte sich selbst eines besseren. Diese Mordmaschinen, sahen aus wie die Köpfe hinterhältiger Riesenspinnen, die so lange heimtückisch in ihren Bauten ausharren, um sich hinterfotzig auf ahnungslose Opfer zu stürzen. Komisch, die perfide wartenden Maschinen erweckten in mir genau jenes fröstelnde Gefühl, wofür man sie baute_ Tod und Mord! Dann setzte ich mich wieder in den Wagen, beobachtete meinen Grenzposten, es hatte sich nichts geändert, seit ich das letzte Mal hinunterschaute. Oder, ja sie hatten die Flagge eingeholt, heute waren wohl keine Geschäftszeiten mehr, der Laden blieb geschlossen. Ich saß ungefähr eine Stunde, mir war nach Bewegung, so entschloss ich mich, Gymnastik und Fitnessübungen, wären sicher richtig in meiner Lage. Um die Zeit zu füllen und in der Wartezeit etwas Gutes für meinen Körper und der Zeit etwas Sinnvolles anbieten. Stretching, Seilhüpfen ohne Seil und

Liegestützen, damit war ich sicher vierzig Minuten beschäftigt. Die Luft war so sauber, klar und kühl, sie lud mich förmlich dazu ein, Sport zu treiben. Und das Schönste war, obwohl ich mich verausgabte, durch den Wind und die trockene Luft, wurde nicht einmal mein T-Shirt von meinem Schweiß nass, nicht einmal feucht. Was konnte ich dann da unten sehen? Man wollte mich unterhalten, oder mir vielleicht etwas neues zeigen, mir sagen so hoffnungslos kann es um dich noch gar nicht stehen. –Ich meinte, mich befiele gleich ein Lachkrampf, oder ich müsste verrückt geworden sein! Exerzieren sie doch zu Dritt, unten vor dem Fahnenmast, zwei in steifer Hab-Acht-Stellung und einer zieht jetzt noch die Fahne auf. Für heute, hatten sie ihren Laden noch einmal geöffnet. Ohne Musik und Blaskapelle, vielleicht war irgendwo ein Grammophon gestanden und hatte die Nationalhymne gespielt und ich konnte die Musik nur nicht hören. Dann nahm ich mein erstes Mahl des Tages zu mir, eine Hand voll Haferflocken in Wasser aufgeweicht und dazu einen Apfel. Selten hat mir mein Frühstück so gut gemundet. Dabei überlegte ich mir, wie ich vorgehen könnte, wie ich mich aus meiner Lage befreien könnte. Alle Gedanken, die mir dabei durch den Kopf gingen, sagten mir, dass jemand für mich eintreten und mir helfen müsse. Denn über die Grenze käme ich so nicht. Auch wenn ich das Auto stehen ließe, würde ich nicht in die Stadt kommen, um den richtigen Ansprechpartner zu finden, ich käme nicht leicht an den Grenzern vorbei. Dann erwartete mich ein langer Spaziergang in die Stadt, Nouadhiebou. Vielleicht als Blinder Passagier, in einem Auto oder LKW versteckt. Aber wer würde so etwas für mich tun und mich illegal über die Grenze bringen. Die Strafe wäre sicher der Pranger oder sieben Jahre Steine klopfen in einem Bergwerk. Und Amnestie Internatonal, hätte einen harten Brocken zu beißen, falls überhaupt etwas durchdringen würde, aus diesem hermetisch abgeschotteten Land. Es gäbe noch die Möglichkeit meiner Freunde, welche vor mir aufbrachen, würden mir helfen?

Wenn ich sie überholt und sie jetzt hinter mir zurücklegen würden, kämen sie ja durch dieses Nadelöhr und an mir vorbei. Jeder der über Marokko nach Mauretanien und nach Schwarzafrika reisen will, muss diese Strecke befahren. Ob sie mir helfen würden, war mir nicht klar, war ich doch selbst für meine Lage verantwortlich. Mir bleibt immer noch abwarten und Wasser trinken, noch sechs Flaschen. Selbst wenn nur alle drei Tage ein Konvoi vorbei käme, so könnte ich mir immer noch Wasser und Lebensmittel erschnorren. Pah, irgendwie geht's doch immer weiter.

Deutsche kämen vorbei, man würde mir helfen. Mir war schon klar, mit welch einer sturen Dummheit ich mich selbst in diese vertrackte Situation brachte. Keine Selbstvorwürfe wollte ich mir machen, keine Selbstkritik, das wäre nicht schick für einen König.

Auf Österreicher, ka ma si heud verlass´n

Zuerst meinte ich es wäre das Gesäusel des Windes, dann wurde es klarer, es war doch ein Motorgeräusch hörbar. Ganz klar, ein Auto kam auf mich zu. Ein nagelneuer weißer Mercedes-Jeep, kam auf mich über die Nachbardüne angerollt. Der Fahrer trug einen blauen Helm auf dem Kopf. Ah, da kommt ein Blauhelmsoldat des Weges. Ich fühlte mich wie Hans im Glück, oder wenn du meinst es ginge nichts mehr, dann kommt ein Blauhelm von irgendwo daher. Es war mir doch von Anfang an klar, was könne mir schon passieren. Doch ich wollte meinen Optimismus nicht übertreiben und gelassen dieses Treffen abwarten.

Er steuerte auf mich zu, blieb bei mir stehen und fragte mich durch das offene Seitenfenster: Hello, do your have some problem. Ich sagte ihm: Hi, I don't have a Visa for Mauritanian and leks in my wheels. Ich fragte ihn, kann es sein, dass wir Deutsch miteinander reden können. Der Tonfall, in seinem Englisch erinnerte mich an einen Österreichischen Bodybuilder und Filmschauspieler, der es in Amerika, noch sehr weit bringen würde. Na klar, sagte er, ich komme aus Salzburg, in Österreich. Und er stellte gleich klar, wegen meinem Platten konnte er was unternehmen. Doch wegen den Einreisepapieren werde er erst Schritte einleiten, wenn sich an meiner Lage die nächsten Tage nichts ändern würde. Er sagte auch, die Mauren können mich nicht einfach hier stehen und vertrocknen lassen. Seine dienstlichen Aufgaben beschäftigten ihn sehr und es war noch zu früh offizielle Schritte einzuleiten. Diese Route fahre er in der Woche zwei Mal, ich könnte mit seiner Hilfe rechnen, würde sich nichts anderes ergeben. Ob ich Wasser und Proviant hätte. Alles Bestens. Wir luden das aufgeschlitzte Rad in seinen Kofferraum. Er sagte, am Abend fahre er denselben Weg wieder zurück und dann brächte er mir den geflickten Reifen wieder. Servus.

Ja, dachte ich, hier scheint ein reger Betrieb zu herrschen, langweilig wird es mir hier nicht werden. Dann setzte ich mich ins Auto und ich war fast traurig darüber, weil ich mein Reich einmal verlassen werden würde. Nach einer erneuten Stunde Wartezeit, im Schatten meiner Blechhütte, wie mir das Auto erschien. Weil ich damit nicht fahren konnte, wurde daraus eine Immobilie. Wieder wurden Motorgeräusche laut. Ja, wer kommt denn jetzt schon wieder, kann man hier überhaupt nicht seine Ruhe haben.

Ah, stellte ich fest, nachdem ich das Auto verlassen hatte um nachzusehen, wirklich, die Kontaktprüden kamen daher.

Sie standen mit ihrem Omnibus und einem Mercedes- 240, in Verlängerung des Sandhügels, zweihundert Meter von mir entfernt. Dann schaute ich halt mal hin, zu denen. Der eine fragte mich, wo man diese Düne hinunter fahren könnte. Kein Hallo, keine Begrüßung.

Mit dem Bus, das wäre mir auch schleierhaft, jedenfalls fuhren viele, auch ich, am Grad der Düne entlang. Dann fuhren wir durch den weichen Sand an ihr herab. Unten auf der Ebene war wieder fester Grund. Sagte ich ihm.

So oder so ähnlich mussten sie dann auch wohl ihr Glück versucht haben, mich interessierte nicht, was sie machten. Ich setzte mich wieder ins Auto. Als ich eine Zeitlang im Auto saß, schaute ich nach, wie sie weiterkämen. Sie hatten sich am Fuß des Sandhügels mit dem Bus total vertrackt festgefahren und versuchten ihn nun wieder frei zu schaufeln. Ich empfand es persönlich unangenehm, diese Leute bei der Arbeit nur zu beobachten. Also nahm ich meine Schaufel, ging hinab und half ihnen.

Ich suchte mir ein eingescharrtes Rad und begann es in Fahrtrichtung freizulegen. Einer von denen kam dann zu mir und sagte, „Du brauchst uns nicht zu helfen". „Ich helfe euch gerne", sagte ich. Der sagte darauf, „Hau bloß ab, denn du bist schuld, dass wir uns hier festgefahren haben".

Ja, ja, wer nicht will, der hat doch schon…Vielleicht hatte er Recht, und ich hatte ihnen einen blöden Tipp gegeben.

Ich ging hinauf in mein Drachennest und schaute auf mein Reich hinab.

Als der Abend sich durch eine leiser werdende Sonne andeutete, kam der Österreichische Blauhelmsoldat in seinem Geländewagen mühelos die Düne heraufgefahren. Nach einem Servus, erkundigte er sich über meine neuen Nachbarn. Dadurch dass wir jetzt eine kleine Gruppe waren, konnten uns die Mauretanischen Behörden nicht mehr so leicht übergehen, als nur mich, die Einzelperson. Er übergab mir meinen reparierten Reifen. Die Kosten, beliefen sich in einen Kleinbetrag und ich zahlte mit Marokkanischer Währung, die ich noch hatte. Er war in Eile und musste gleich wieder los. Er sagte, am Übernächsten Tag komme er seiner Kontrollrunde entsprechend wieder vorbei.

Nachdem ich den Reifen, an der Nabe ausgewechselt hatte, setzte ich mich wieder unters Blechdach, den Abend und meine neue Mobilität genießend. Ich glaube, ich hatte mir meine neuen Nachbarn als Gesprächspartner schon fast wieder vergessen gemacht. Sie standen von meinem Blickfeld, unterhalb des Hügels, abgeschirmt.

Dann kam der von ihnen, den ich in Algeciras kurz schon einmal sprach, um mich zum Abendessen einzuladen.

Ich sagte, nöö, ich wäre heute schon genug blöd angeredet worden. Er sagte, es gäbe Weißwürste und Bier und als Bayer sollte ich so etwas doch nicht ausschlagen. Ich log und sagte, ich hätte schon gegessen. Als er ging, tat es mir leid diese nette Geste so bauernstolz, abgelehnt zu haben.

Nach zehn Minuten kam ein anderer von ihnen zu mir, derjenige der mich ihrer vertrackten Lage beschuldigt hatte. Er sagte, komm Beuyer es gibt Weißwürste, da kannst doch nicht, nein sagen. Und sie hatten einen schweren Tag und es war nicht so gemeint. Wohl mit dem Anpfiff, wollte er sagen. Alles klar, seine Würde gebietet dem König, nicht nachtragend sein zu seinen Untertanen. Und der erste sagte auch noch, sie hätten Bier. Auf in die Disco.

Unten in ihrem Bus saßen die vier anderen. Anscheinend hatten sie wirklich auf mich mit dem Abendessen gewartet. Sie waren jetzt auch nett zu mir und erkundigten sich über das Warum, meines Verbleibens hier. Wie ich mich in meine Lage geschasst hatte.

Als wir unsere Geschichten erklärten, sagten sie mir, sie hätten das gleiche Problem wie ich es hätte. Zwei von ihnen fuhren auch ohne Visa- Eintragungen in ihren Pässen los. Jedoch, Morgen, nach dem Freischaufeln des Busses, wollten sie es trotzdem an der Grenze einmal versuchen und in Mauretanien einreisen.

Nur zu. Wenn es ihnen gelänge und sie über die Grenze kämen, müsste man mich ja auch einreisen lassen.

Zu den Weißwürsten hatten sie mir wunderbar, kühles Bier gereicht und gesagt, wenn ich noch welches möchte, so soll ich mich nach Herzenswunsch selbst bedienen. Was für ein Angebot. Jetzt waren sie mir auch gleich sympathischer, diese Kontaktprüden. Und, saagenhaft.., aber staune und halte dich fest, sie hatten eine Gefriertruhe, Dreiviertel voll mit Dosengetränken und die meisten Dosen waren Bierdosen, Helles und Weißbier. In Marokko hatten sie sich Eis besorgt, welches in der Gefriertruhe die Getränke und Lebensmittel immer noch wunderbar kühl hielt, obwohl nur noch das Schmelzwasser davon übrig war. Auf gute Nachbarschaft, und ihr seid jetzt auch Könige, Bierkönige. Die Königin und die Könige, verweilten noch lange im Kreise, bei anregender Rede und köstlich kühlem Gebrautem. Die Königin hieß Andrea. Ein König hörte auf den Namen Holge. Der Freund der Königin war König Thomas. Ein anderer König ließ sich mit König Lalla, ungern ansprechen. Und der sechste in unserer Runde und im Bunde war König Rolf, ein schweigsamer König, der fast nichts sprach und sich seiner Würde genügte.

Am nächsten Morgen hörte ich schon sehr früh ihre Stimmen, denn sie arbeiteten an ihrer vertrackten Lage, um frei zu kommen, sie wollten weiter. Mit meiner Schaufel in der Hand ging ich zu ihnen um mitzuhelfen an der kolossalen Grabungsarbeit. Kaum, nach einer halben Stunde schaufeln,

war das Frühstück fertig und es wurde Pulverkaffee gereicht.
Nach dem Kaffee wollten wir etwas erreichen und arbeiteten
hemmungslos weiter. Der Bus steckte sehr tief im Sand und
war davon festgekeilt, wie betoniert. Das Chassis des Busses,
saß mit der Hälfte des Bodenbleches, dem Erdboden auf.
Als sie versuchten den Bus frei zufahren, gruben sich die
Antriebsräder aber nur noch tiefer in den lockeren Sand ein.
Auf der rechten Seite hatte das Antriebsrad auf dem
Sandblech Halt gefunden und sich darauf gerollt. Jedoch das
Linke war vom Sandblech herunter gerutscht und wühlte
sich permanent abwärts, Richtung Erdmittelpunkt.
Ich bewunderte, wie weit ein Omnibus sein Fahrgestell
ausfahren konnte.

Dieses linke Rad war jetzt vollkommen aus dem Radkasten
nach unten ausgefahren und entblößt. Es trat, im Bestreben,
dass auf beiden pneumatischen Druckkammern, mit dem
gleichen Druck, die Räder auf den Untergrund gepresst
werden, immer weiter aus dem Radkasten heraus. Es war
sich niemand des Ernstes der Lage bewusst.
Ein lauter Knall zerriss die Luft. Reflexartig warf ich mich auf
den Boden. Beim Aufstehen konnte ich beobachteten, dass
die Anderen genauso reagiert hatten. Sie erhoben sich
gleichzeitig mit mir aus ihrer schützenden, flachen Lage vom
Erdboden. Im Umfeld der Mienen hatte sich diese
Selbstschutz-Reaktion in allen Hirnen verankert als ein
Überlebens- Mantra. Was war geschehen? Keinem war etwas
geschehen. War eine Miene explodiert?
Nein, sagte Lalla, den Luftbalg der pneumatischen Federung
hätte es zerrissen.
Und- Gott- sei- dank- ist- keinem- was- passiert.
Doch aus den ernsten Gesichtern der Emma-Piloten war zu
erlesen, dass sie mit der Zerstörung des Federbalges ein

neues Problem und eine erneute Herausforderung auf sie zukommen befürchteten.

Gleich machte ich, auf meine hervorragenden Ideen zurückgreifend eine Trostrede, dass es nie so schlimm ist, wie es manchmal aussieht.

Jedoch sagten sie mir, die Lage wäre ernster als ich's verstehe, ich sollte mich zurückhalten mit meinen Tipps. Alle weiteren Vorgehensweisen würden sie intern, unter sich ausmachen, OK.

Dabei wäre mein Tipp ganz schlicht gewesen, einen Holzklotz, anstatt des geplatzten Gummibalgs einzusetzen. Dann stände wenigstens der Aufbau des Busses, im Niveau ausgeglichen. Denn sie wollten doch weiterfahren, mit dem Bus. Doch hatte ich keine Ahnung ihrer Absichten und mich ging das auch überhaupt nichts an. Ich setzte mich wieder in mein Auto und verbrachte die Zeit mit freiem atmen und grenzenlosem schauen, beim hemmungslosen Denken.

Ja, sind wir hier am Stachus, schon wieder hörte ich Motorenlärm. Ah, die hatte ich ganz vergessen. Unten bei den Emma-Piloten, stand jetzt der Toyota- Landcruiser, den ich mit ihnen, den Emmas, am Hafentor in Spanien, Algeciras stehen sah.

In Erwartung auf Neuigkeiten und im Gefühl, Entwicklungen lägen in der Luft, begab ich mich zu ihnen.

Die Beiden, die frisch angekommen waren, kamen über die Grenze, aus Mauretanien zurück.

Das Pärchen waren Conny und Markus, beide waren etwa meines Alters, oder etwas jünger, beide so etwa um vierund-zwanzig bis achtundzwanzig Jahre alt.

Wie ich aus der Unterhaltung verstehen konnte, hatten sie in Nouadhiebou sich darum gekümmert, dass alle Emma-Piloten auch ohne gültige Visa, nach Mauretanien einreisen durften. Mit „Emma", hatten die Kontaktprüden, ihren

Omnibus getauft.

Beide beklagten, sie hätten Unmengen des Mauretanischen Tees in sich hineingekippt, bei diversen Verhandlungen, auf der Suche nach dem richtigen Ansprechpartner, welcher die nötige Entscheidung treffen könne und dürfe. Einer Entscheidung, welche eine formlose, unreguläre Einreise trotz mangelhafter Papiere, in das Land erlaube. Auf mich als Person in selbiger Lage wurde so weit eingegangen, sollte sich etwas ergeben, in Puncto erweiterte Einreisemaßnahme, so würde ich mit einbezogen. Ansonsten überließ man mich mit dem Gefühl, schuldig ihrer Lage zu sein. Aber damit konnte ich leben. Solange ich mein Quartier, oben, über ihren Köpfen, in meinem Drachennest hatte. Dorthin konnte ich mich immer zurückziehen, wenn mir die Gesellschaft zuviel wurde. Aus den Entwicklungen der letzten zwei Tage war mir klar, es würde sich für mich eine Möglichkeit ergeben und ich würde in dieses Land einreisen können.

Am nächsten Tag war nach der Regel wieder ein Konvoi nach Mauretanien, vorherzusehen. Bereits am Vormittag begab ich mich zu meinen Nachbarn. Wir tranken gleich am Morgen einen Frühschoppen, ein Bier.

Conny und Markus, waren wieder zurück in die Stadt gefahren. Sie waren gute Freunde und bedrängten weiterhin das Militär, die Zoll- und Einreisebehörden, damit sie uns nach Mauretanien einreisen lassen sollten.

Ja, wir feierten unsere Freiheit. Eine Freiheit, die uns als zerbrechliches Gebilde, wie eine Seifenblase umschloss, und wir in ihr Gefangen. Wie die Gefangenen der Freiheit.

Wahrscheinlich, dachte jeder von uns so oder so ähnlich über seine eigene oder unsere Lage, wie ich es oben in meinem Drachennest auch tat.

Es war ein schönes Gefühl, das uns stetig wachsend umfing. Uns Fremde, die wir uns auch nicht einmal besonders gut leiden konnten die anderen und ich. Fernab anderer Menschen, verkeilt zwischen zwei Staaten. Entlegen aller Gesetzen und ihren Ordnern. Die Mauretanischen Grenzer zählten nicht, waren sie doch gezwungen und mussten auf ihrem eigenen Hoheitsgebiet verbleiben. Sowie die anderen, auf ihrem, auf der Marokkanischen Seite.

Wir saßen auf bunten, klappbaren Campingstühlen. Sie hatten einen Sonnenschirm und eine Bierzeltgarnitur aus zwei Bänken und einem Tisch aufgestellt. Wir saßen, windgeschützt, hinter einer Düne, sonnen geschützt unter einem Sonnenschirm und vor jeder Bürokratie verborgen, auf einem Niemandsland zwischen zwei Staaten. Wir rauchten und tranken Bier und lachten und fanden sie komisch, diese Situation.

Ob man hier eine Kneipe eröffnen könnte, fragte sich Andrea als Königin mit einer famosen Geschäftsidee. Wir bräuchten keine Steuern bezahlen, wären prima mit durstiger Laufkundschaft versorgt. Zweimal wöchentlich versorge uns der Konvoi mit durstigen Autoschiebern, die mit bangem Gefühl wissen, dies ist die letzte Möglichkeit ein Bier zu trinken. Denn die Islamische Republik Mauretanien wartet mit totalem Alkoholverbot auf. Bier ist dann darüber hinaus erst wieder im Senegal erhältlich. Alle fanden die Idee traumhaft. Skurril war es auch den Gedanken weiterzu-spinnen. Wer könnte uns eigentlich davon abhalten. Die Marokkanischen Behörden und die Mauretanische auch nicht, die dürften gar nicht hierher. Der UN-Friedenstrupp, hat ganz andere Aufgaben und die Blauhelm Soldaten wären über diese Abwechslung bestimmt ganz entzückt. Besonders die Österreicher und Deutschen. Ja, wir könnten ja gleich eine ganze Stadt ansiedln, wie Andorra oder Monaco. Nur viel wilder wollten wir es haben, so wie Mahagoni, die Netzstadt.

Wir waren alle von unseren Ideen hellauf begeistert.

Den Nachschub an Bier und Lebensmittel bezögen wir per Fallschirm aus der Luft, als Carre- Pakete. Mittels eines International eingerichtetem Spendenkontos könnte eine interessierte Weltmeinung diese neue anarchistische, eigenständige Republik, als Versuchs- und Vorzeigemodell, subventionieren. Eine neue freie, unabhängige, gesetzlose Republik würde entstehen. Der erste Schritt, war schon gemacht. Ein neuer Staat solle entstehen, ohne Steuern, ohne Schulen, ohne Straßen, ohne nichts und etwas, ein Staat war geboren, aus Sand und Bier.

Wir saßen in geschirmten Schatten, mein plötzlicher Einfall war, ich müsse jetzt wieder Sport treiben. Nach einem Dauerlauf war es mir.

Auch wollte ich nachsehen gehen, ob und wie weit der regelmäßig frequentierende Konvoi schon gekommen sei. Mit meinen federleichten Gorotex-Wanderstiefeln war das joggen in flirrender Wüstensonne ein schwebendes dahin Gleiten über sandige und steinige Wüstennatur.

Als wäre mir diese Schönheit aus dem Auto betrachtet, noch gar nicht aufgefallen gewesen. Die Wüste ist reine Schönheit, denn sie braucht keine Verzierungen. Bei einem schönen Bild empfände der Betrachter einen pompösen Rahmen störend, oder nähme ihn nicht einmal wahr. Einfach und rahmenlos ist die Wüste.

Die Steifheit meiner verwöhnten Muskeln, die es nicht mehr gewohnt waren, eine anstrengende, ausdauernde Bewegung zu initiieren, ließ erst ein keuchendes, und dann doch ein schwereloses Laufgefühl zu. Wie fliegen kann laufen und rennen dann werden, ist alles warm und weich eingespielt, wenn alle Reflexe wach sind.

Während des Laufens, wurde mir die Komik klar. Ich jogge

hier durch ein menschenleeres Wüstengebiet, im Umkreis von 5o Kilometer, findet sich außer dem Mauretanischen Grenzposten keine einzige Ansiedlung. Wenn mir jemand begegnen wird, der wird ganz schön perplex über meine Tätigkeit sein. Ich sah mich als irrealen Wüsten-Dauerläufer, aus einem Parallel- Universum, auf der Suche nach der Kokosnuss. Eines nie gedrehten Monty Peyton- Filmes. Es schien mir als würde der Film, der in mir entstand, nicht nur ein gewöhnlicher Abenteuerfilm sein, sondern er wäre auch mit Slapstik-Einlagen ausgestattet. Manchmal muss die Welt vor den Kopf gestoßen werden. Damit sie die Besonderheit des Seins wahrnehmen kann.

Dann konnte ich Motorbrummen hören. Aha, die Franzosen kommen, immer die Letzten bei der Konvoi-Abfertigung, doch in der Wüste, wenn's zur Sache geht, dann haben sie wieder die Nase vorn.

Zwei Kerle, wohl zwischen 40-50 Jahren, kamen mit dem Auto auf mich zu. Was für einen Anblick boten die Zwei, die schauten, als hätten sie vorher noch nie einen Jogger gesehen. Mit versteinertem Gesichtsausdruck, dem man sicher viel entnehmen konnte, hauptsächlich hätte man viele Gedanken, die zu keinem Ergebnis kamen daraus erlesen können.

Als wir uns begegneten und uns aneinander vorbei bewegten hob ich kurz die Hand am Gelenk und grüßte sie. Nichts, keine Grußerwiderung, sie schauten mich nur an als wären sie paralysiert, oder es waren wieder stofflige Pariser die da daherkamen. Macht den Mund zu es zieht. Musste ich denken. Die Anderen die noch kamen reagierten auch auf so seltsame, entrüstete Art und Weise auf den ersten Jogger den sie seit Tagen zu sehen bekamen. Es machte mir kolossalen Spaß, mir diesen kleinen Scherz zu gönnen. Wer sich in seiner ausweglosen Situation, sich nicht die Ironie als ein buntes Geschenk macht, hat sowieso schon seine besten Karten verspielt. Weinen kann man immer noch, wenn alles vorbei ist. Oder wenn es noch schlimmer käme. Ich jedoch war mir absolut sicher, es würde sich bald wieder wenden, das Blatt. Dann traf ich auch noch meine Freunde die vor mir starteten, aus Deutschland. Sie hatten sich in einem der Sandlöcher festgefahren und waren schwer am Auto freischaufeln.

Wir begrüßten uns und redeten kurz. Klar, sie hatten ihr eigenes Problem. Wo ich den her käme und wohin ich fahre oder laufe. Egal, sie gruben weiter. Sie hatten auch nicht soviel Zeit wie ich. Sie hatten wohl ein Rendezvous, aber das hat doch jeder. Ich aber erst ganz zum Schluss.

Dann joggte ich wieder zurück ins Niemandsland, in unsere Anarchistische Republik. Dort traf ich die Franzosen, die mir schon begegneten, beim Biertrinken an. Sie hatten bei den Emma Piloten halt gemacht, sie meinten wohl, hier wäre die letzte Kneipe vor der Grenze eröffnet worden. Vom Komitee, Bier für die Welt. Um die Bierarmut in unterentwickelten Bierregionen zu mildern. Für vertrocknete Franzosen eingerichtet, die ja die Romantik einer besonderen Kneipe verstehen. Andreas Geschäftsidee hätte sich sicherlich schon ausgezahlt. Aber als Bierkönigin hatte sie das Bier einfach nur verschenkt. In ihrer verschwenderischen Leichtigkeit.

Wie eine Mutter mit ihrer warmen Brust. Sie vergoss Freibier auf sonnen stichige Franzosenhäupter. Ein gute Publik Relation ist jedoch sowieso das Wichtigste beim Eröffnen einer neuen Kneipe.

Meine Bekannten kamen dann auch schon angefahren, sie hatten es eilig. Sie hatten auch keine Zeit für ein Bier. Mit heruntergekurbeltem Seitenfenster, riefen sie aus dem Auto. Servus Peter, wir sehen uns dann in Dakar oder Daheim wieder. Wir trinken dann ein Bier miteinander.

Du kommst schon klar. Natürlich, ich komme doch immer klar. Mir wäre es peinlich gewesen, hätten sie mir helfen wollen. War ich doch allein und ohne mich ihnen anzuschließen auf diese Reise gegangen. Auch hatte ich viele ihrer Ratschläge ignoriert. Und sie wussten, dass es Hoffnung gibt in dieser Lage wieder frei zu kommen und die Rettung in Entwicklung ist. Sicher hatten auch keine Lust, mein Kindermädchen zu spielen. Und vor allem, etwas war ja schon eingeleitet. Vor allem wäre mir nie mein Drachennest zuteil geworden, wäre ich mit ihnen gefahren. Servus, und eine gute Fahrt.

Auf mich wirkte dieses Weltengesetz, das den Übereifrigen und Leichtsinnigen wieder zur Besinnung bringen will. Es arbeitet mit sanfter Strenge, aber energisch und mit konsequenter Beharrlichkeit, als ein guter Lehrer. Es lehrt den Verirrten oder den Suchenden in Kontemplation sich üben.

Andrea, die Wirtin und Biergöttin sagte, als alle Gäste verschwunden und an der Grenzstation sicher schon angekommen waren: Die Franzosen hatten ganz schön zugelangt. Einer habe gleich drei Biere, ohne viel Pausen, auf die Schnelle in sich hineingeschüttet. Das am Morgen, nach dem Schwitzen im Sandfeld und bei der Hitze. Da waren sicher ein paar mit einem richtigen Dampf unterwegs. Diese Bierdosen, die die Emma's mit sich führten, waren nicht diese kleinen Dosen, mit nur 0,33l, sondern die Großen, mit 0,5l Inhalt. Jetzt fahren die so beschwipst in Mauretanien ein. In ein Land, in dem totales Alkoholverbot verhängt ist. Wir waren der Meinung, denen werden sie gleich an der Grenze die Führerscheine abnehmen, nur auf Grund ihrer Fahnen. Sprich, des Alkoholgeruches den sie beim Atmen ausstoßen, war unsere Überlegung. Adäquat und hypothetisch zugleich.

Bist du ausweglos auf einem unerreichbaren Berggipfel gefangen,
oder verschollen auf hoher See, oder verschüttet in einem Bergwerk,
keine Angst, der Rest der Menschheit wird dich retten

Am nächsten Tag, morgens um sieben oder acht Uhr hörte
ich wieder Fahrzeuglärm, von unten vom Bus herauf
dröhnen. Da unten stand jetzt ein Militärjeep, dem zwei
Soldaten entstiegen. Neugierig darauf, was dieser Besuch für
uns zu bedeuten hätte, begab ich mich hinunter zu den
anderen. Andrea und Holge, die Französisch sprachen,
verhandelten bereits mit den Uniformierten. Aus
Gesprächsfragmenten deutete ich, sie waren gekommen um
uns die Reisepässe abzunehmen. Auf Zwischenfragen die ich
stellte, sagte man mir, ich solle abwarten, denn eine
entscheidende Veränderung aus unserer Lage bahne sich
gerade an. Die Militärs machten einen gelösten und
freundlichen Eindruck. Das konnte nur etwas Gutes
bedeuten. Denn Militärs hätten es nicht nötig, sich zu
verstellen.
Die Uniformen vergleichend fiel mir auf, das der Eine,
obwohl der Ältere der Beiden, immer in Hab-Acht-Stellung
verweilte und eine schlichte Montur trug, ohne besondere
Embleme. Der Andere war mit vielen Stickern versehen,
darauf waren Balken und V´s aufgestickt und er damit
dekoriert. Aufgrund meiner angeborener Abneigung gegen
Gewalt, oder meines Pazifismus wegen, oder weil ich nicht
ohnmächtig Befehle ausführen wollte, war ich nie bei der
Bundeswehr. So hatte ich auch keinen blassen Schimmer, an
welchen Merkmalen die Rangzugehörigkeit auf Uniformen
sich ablesen lässt. Der Undekorierte war auch der Chauffeur
des Jüngeren, des Wortführers.
Ja, sagte man mir, ich solle gleich einmal losgehen und
meinen Reisepass holen. Auf mein warum, sagte man, ich

solle ihn schnell holen, denn du möchtest doch auch weg von hier. Wollte ich mein Drachennest verlassen, darüber war ich mir noch gar nicht so sicher. Ich empfand diesen Wandel zu abrupt vollzogen. Aber das Aroma der Veränderung lag in der Luft. Die eingesammelten Reisepässe bekamen wir zwei Tage später wieder zurück. Dieser hohe Offizier des Mauretanischen Militärs brachte sie uns selbst wieder. Wir waren uns bei der ersten Begegnung persönlich näher gekommen und empfanden uns gegenseitig als sympathisch. Wir nannte ihn Leutnant Hassan.

In den hinteren Seiten meines Reisepasses fand ich die Erklärung zum Einreisen in die Islamische Republik Mauretanien. Dieses Dokument wurde in Arabischer Schrift verfasst und war handgeschrieben. Mit Marken und Stempel besiegelt, seine Authentizität damit beurkundet. Ein seltenes Dokument zu dessen Ausfertigung es sicher nicht oft kam.

In dieser Wartezeit, von zwei Tagen, hatten die Emma´s ihren Omnibus aus geschaufelt und aus der Umklammerung des Sandes wieder frei gefahren. In Begleitung des Militärjeeps setzten wir uns in Bewegung, nach Nouadhiebou.

Der Omnibus mit seiner zerstörten hinteren Luftfederung, sah im Rückspiegel betrachtet, wie ein von böigen Seitenwind erfasst, gerade startender Jumbojet aus, dessen Pilot immer wieder versucht, ihn in die Waagrechte zu steuern, um ihn aus der gefährlichen Schräglage zu retten. Mit dem Omnibus durch die Wüste zu fahren ist nur was für Unerschrockene und Wagemutige.

Mir taumelte fast vor lauter Glückseligkeit, jetzt war ich auf dem Weg nach Nouadhiebou. Aber ich wusste es von Anfang an, nach Dakar würde ich fahren und nix konnte mich davor abhalten. Weil ich mich dort schon gesehen hatte, als mir am Strand von Biarritz dieses visionäre Bild von Afrika sich zeigte in meinen Gedanken. Ich hatte beim Starten schon gewusst, dass mich nix wirklich bremsen würde. Alle Risikofaktoren waren doch die Würze in meinem ganzen Wunsch und meinem Unternehmen, ich wollte mir die Freiheit und die Unbekümmertheit wieder schenken. Mir war in den letzten Stunden so zumute, als könnte gleich lachend ein Clown von einer Düne herunterrollen und `Helau und Alav` brüllen. Mir war danach, als könnte jetzt wieder alles so möglich werden, wie mir es einmal vorschwebte.

Wie kam es zu dieser unerwarteten Fügung, zu dieser Rettung aus unserer Notlage? So unbürokratisch, pragmatisch und beinahe zu schnell für orientalische Verhältnisse, erledigt? Conny und Markus, setzten sich für uns ein und tranken noch viele Liter Tee, mit diversen Amtsträgern, als Bittsteller, als Büßer in unserer aller Namen und unserer Nachlässigkeit. Und die prüden Mauretanier wollten vielleicht den Schandfleck, die Bierkneipe, vor den Toren ihres heiligen Landes, wie ein schleimiges Sodom und Gomorrha weg radiert wissen. Nicht dass sich diese Bier-Lasterhölle etablieren würde und zu einer berühmten und weltbekannten Pilgerstätte werden könnte. Wogegen sie keine rechtlichen Schritte einzuleiten hätten. Wogegen sie dann kriegerisch hätten vorgehen müssen. Dabei wurde ihnen klar, beim Teetrinken und tagelangem diskutieren, auf Sofa Polstern und mit Damast überzogenen Matratzen, dass die westlich Weltmeinung sich dann gegen sie entschiede. Leutnant Hassan, ließ es sich auch nicht nehmen, uns persönlich mit in sein Land und in die Stadt Nouadhiebou zu begleiten. Nach einem Kilometer von der Grenzstation entfernt, erreichten wir die Zollstation, welche aus einem ähnlichen archaischen Gebäude bestand, wie die letztendlich, glücklich passierte Grenzstation, nach fünf Tagen Wartezeit. Wieder sah das Gebäude in Krippen Romantik gestaltet aus wie zur Weihnachtszeit der Stall zu Bethlehem.

Die Zollabfertigung, vollzog sich sehr rasch, es musste nur ein Schriftstück, der mitgeführten Wertsachen abgegeben werden. Dahinein schrieb ich in die dafür vorgesehene Spalte nur Voiture, denn außer dem Auto hatte ich nichts von Belang dabei. Nicht einmal einen Fotoapparat hatte ich mitgeführt. Nur einen vollen Benzinkanister, vier Holzbretter, einen kleinen Rucksack mit einer zweiten Garnitur Kleidung, meinen Kulturbeutel, einen Schlafsack und einen Plastikkompass, sonst nichts. Ah ja, noch einen Mineralwasserträger, mit geleerten Flaschen und nur eine war noch Dreiviertel Voll, hatte ich als Treibgut dabei. Und etwas Müll führte ich mit, welcher mir an manchen Orten besonders störte, für mein vielleicht kleinkariertes Öko Bewußtsein und von dort entfernte. Nach einer halben Stunde Aufenthalt, konnten wir auch schon weiterfahren, in die Stadt. Die Piste blieb Piste und erst in der Stadt Nouadhiebou, begrüßten uns die ersten Fragmente Teerdecke. Als ein kantiges Verkehrshemmnis einer zivilisierten Welt, der das Geld zum Straßenbau fehlte. Mittels belassen zerfurchter, steiniger Fahrbahn, passten die Lenker gerne ihr Tempo dem der Fußgänger an. Sie bewegen, dank des Kunstgriffs unterlassener Fahrbahnreparaturen, ihre Fahrzeuge abgestimmt auf das Schritt Tempo der Passanten und Esel und der Maultiere und Dromedare. Reifen waren hier Mangelware und man gebrauchte sie achtsam. Die natürlich entstandenen Schwellen und Abbruchkanten sind die beste und effektivste Sicherheits-Maßnahme gegen Raser. Wodurch der Verkehr sich in Afrikanischen Fußgängerzonen an die quirlige Verkehrs-Situation anpasst. Hatte ich bereits in den Marokkanischen Wüstenstädten, der Spanisch Sahara das Gefühl dem Chaos ausgehändigt zu sein, jetzt war ich dem wirklichen

Orientalischen Trouble verfallen. Staub schwebte in der Luft. Der mit dem Urin der Tieren, der Dromedare und Schafe und der Ziegen behaftet. Damit waren die feinen Schwebepartikel bedampft und damit die Luft aromatisiert. Rauch aus dunklen Eingängen der Autowerkstätten und Schmieden, gemischt mit den Abzügen des Verkehrs, hing wie Tücher gespannt um Sonnenstrahlen abzumildern, über Turbanen und Dächern. Die Stadtbewohner linderten die staubhaltige Luft dadurch, indem sie ihre morgendlichen Abwässer auf die Straße leerten und manuell das Klima etwas anfeuchteten. Goldenes Land der Mauren, einst zitterte Europa vor deinem starken Arm. Bis fast nach Madrid wart ihr vorgedrungen. Damals, mit Pferden und Dromedaren. Im 8. Jahrhundert wart ihr die Weltmacht. Einen Teil Spaniens hattet ihr vereinnahmt. Euer Herrschaftsnetz darüber geworfen, gleich einem Orientteppich, entgegen romanischer Ritterkultur. In Andalusien, Städte wie Cordoba und Sevilla hattet ihr zu Denkmälern Maurischer Baukunst verwandelt. Ich war neugierig auf euer Erbe.

In der Innenstadt war ein Campingplatz hinter hohen Mauern der Außenwelt verborgen. Darin nisteten wir uns ein. Bei Ali, >Chez Ali<, so lautete auch der Name des Campingplatzes. Der Inhaber des Platzes, Ali, begrüßte uns bereits am Eingang zu seinem Reich und er machte einen freundlichen Eindruck auf mich. Er war auch sehr erfreut über den Ausgang unserer Geschichte in den Dünen.

Wir wurden auf dem Platz, mit Applaus empfangen. Es war uns nicht klar, aber wir haben für lokalen Gesprächsstoff gesorgt. Wir waren Ortsgespräch, auf dem Campingplatz und alle waren über uns und unser Bedrängnis informiert, draußen im Sand. Ich nannte uns Helden für einen Tag. Besonders verehrte ich Conny und Markus, die ohne Unterlass an unserer Befreiung und unserer

Einreisebewilligung gearbeitet hatten. Ihr sollt immer heißes Wasser haben, wenn ihr es zum Tee machen benötigt. Auch euren Kinder und Kindeskindern, soll Glück zuteil werden. Es war beruhigend, auf dem Campingplatz sicher aufgehoben sich zu fühlen, ohne die chronische Minenschau, oder durch eine Stagnation im Bierverkauf bankrott werden. Eine Ansammlung interessanter Menschen bevölkerte den Platz, den Ali betrieb und ihnen als Asyl zur Verfügung stellte. Zu einem Asyl vor der Westlichen und der Orientalischen Welt. Als Quarantäne Zone zur kulturellen Akklimatisierung und zum Einleben ins Afrikanische Lebensgefühl. Um sich dieser fremdartigen, erschreckenden Sorglosigkeit langsam und in abgeschwächter Dosis vorsichtig annähern zu können. Auch eine rettende Festung wider westlicher Anonymität und der Angst mit fremder Hautfarbe in Berührung zu kommen, das bot Ali, errichtet in seinem familiären Domizil. Einen neutralen Ort hatte er sich erdacht, wo fremde Kulturen sich trafen.

Hinter seinen Burgmauern fand auch sein eigenes Familienleben in freier Öffentlichkeit im überschaubaren Innenhof statt. Jeder, der sich dort aufhielt, war über Alis momentane Aktivitäten informiert. Mir fiel auf, wie er oft sagte wohin er ginge und was er gerade mache oder plane. Ich empfand ihn als einen weltoffenen und humanen Menschen mit besonderen Gewohnheiten und Gepflogenheiten. Er redete äußerst sanft mit seiner Frau und seinem Töchterlein und mit seiner Mutter wenn er mit ihnen sprach. Auch er war ein großmütiger König.

Auf seinem Camping Platz atmeten außer uns noch zwei andere Deutsche den Duft des Orients in zwangloser Leichtigkeit ein.

Ein etwa zwanzig-jähriger Student mit dem Namen Gottlieb oder Gotthilf, der irgendwie mit Buschtaxis und als Anhalter von Äthiopien aus nach Mauretanien reiste. Auf dieser Reise hatte er die Sahara in Längsrichtung durchstreift. Ohne eigenes Fahrzeug und allein. Dabei kreuzte er in viele Gebiete und Regionen, vor welchen Reisenden abgeraten wurde sie zu betreten, oder sich dort aufzuhalten. Auch er fand hier Geborgenheit nach vielen seltsamen Erlebnissen. Er berichtete von mehreren Ereignissen staatlicher oder militärischer Willkür in diesen Ländern, welche er bereiste. Der Andere war ein sechzig- oder siebzig-jähriger alter Haudegen, der gerade eine Hüftoperation überstanden hatte. Mit Krücken ausgestattet und in einem 123er Mazda wollte er jetzt in den Senegal fahren. Der Krücken Mann war mir beim Konvoi schon aufgefallen. Dort deutete er mit den Enden seiner Gehhilfen in der Gegend herum und gab wichtige Anweisungen. Wie etwa, „Kommt her und schaufelt mein Auto aus und legt mir Bleche unter die Reifen und dann schiebt mich einmal richtig an".

Jetzt hatte er den Studenten bis auf die Knochen demoralisiert, da dieser auf Kosten anderer sein Leben bestreiten würde. Er begründete diese These aufgrund seiner eigenen reichen Welterfahrung und auf seinen Verdacht hin. Denn alle Studenten, oder die meisten wären doch eh nur Schmarotzer. Mit dieser These, begründete er sein Verhalten und Einstellung gegenüber dem jungen Mann. Er selbst floh aus dem Deutschen Winter, weil er die enormen Heizkosten nicht mitfinanzieren wollte. Da sich die Lebenshaltungs-Kosten immer höher schraubten, wie an einer Spirale angeheftet, laut seiner Theorie. Und der Anfang und das Ende dieses Kostengewindes schraubte sich noch in unabsehbare Dimensionen. Jedoch das Ende würde bitter sein. Ach ja, auf dieser Reise begegneten mir immer wieder interessante Menschen.

Von Ali bekam ich die Information, sobald wie möglich meine Einreise in Mauretanien bei der Zollbehörde, bei der Polizei und dem Meldeamt bestätigen zu lassen. Mein Auto musste auch noch mit einer Mauretanischen Versicherung ausgestattet werden. Kaum hatte ich unsere anarchistische Republik verlassen, schon hatte mich wieder diese mir so verhasste Individualität abtötende Bürokratie am Wickel. Fast war ich schon wieder so weit, zurück in mein Drachennest zu ziehen. Aber dann hatte ich das ganze Ämter gehen in einem einzigen Anlauf erledigt und fühlte mich danach wieder frei davon, aber bis in die Haarwurzeln gepiesackt dadurch.

Meine Freunde, inzwischen waren mir die Emmapiloten ans Herz gewachsen und ich nannte sie, meine Freunde. Sie wollten auf ihre Emma, den angeschlagenen Omnibus verzichten. Denn eine Reparatur würde ihren eingeplanten Reise- Etat übersteigen und sie wollten jetzt lieber in die Erholungsphase ihres Unternehmens übergehen. Sie schenkten kurzerhand die Emma her. Der Omnibus wurde einfach dem Mauretanischen Staat übereignet. Ich glaube sie wurden daraufhin zu Ehrenbürgern ernannt, oder auch nicht. Oder ein Platz im Islamischen Paradies war ihnen bestimmt zugesichert worden. Ehrenamtlich und gebührenfrei. Das entschied für mich, auch das endgültige Aus aller weiterer Bier- und anarchistischen Kneipen Planungen, draußen in den Dünen, vor den Toren der Islamischen Republik Mauretanien. Ob man eine Bierlasterhöhle so einfach für den Transport gläubiger Muslime benutzen darf, darüber hatte sich niemand Gedanken gemacht. Oder es heißt wohl hier so wie überall: Einem geschenkten Barsch, schaut man nicht in den.., ins Maul.

Die Mohammedaner werden es wohl nie erfahren, dass in dem Omnibus schon Literweise Bier getrunken wurden. Sie werden erst dann aufmerken, wenn das Tor zum Paradiese sich ihnen nicht öffnen wird, denn sie hatten zu ihren Lebzeiten einen gravierenden Fehler begangen. Ob es ihnen dann klar werden wird, dass sie es versäumt hatten sich über die Vorgeschichte eines Linienbusses Erkundigungen einzuholen, mit dem sie zu Lebzeiten sorglos frequentierten? Ja, ihr Weg ins Paradies ist steinig und hart, wenn sie sich auch noch Überlegungen über sittliche und moralisch einwandfreie Omnibusse machen müssten. Wie bei den Katholiken und Protestanten, ist das Leben nur ein Heiden Spaß und für Bigotte ist es nix. Doch ich blieb meinen Ex-Emma Piloten und Kopiloten treu. Auch nachdem sie beschlossen hatten, zu Fünft im 240er Mercedes weiterfahren zu wollen und ihr Biervorrat auf ein Minimum geschrumpft war. Auch wenn meine Treue von ihnen nicht gewürdigt wurde. Das nächste große Etappenziel war Nouakchott, die Hauptstadt Mauretaniens. Als den Ort der Winde bezeichnet sie die Tuareg Sprache.

Diese Stadt wurde 1950 auf dem Reißbrett entworfen und über einem kleinen Fischerdorf angelegt. Wie nach einem Schachbrett Muster an einem Netz aus Quadraten wurden die Straßen, die Häuser und Stadtviertel rationell, nach Europäischer Planung errichtet.
Zuerst mussten wir Passagierscheine, durch ein Naturschutzgebiet in einem kleinen Büro kaufen. Uns erkaufen ist auch der richtige Ausdruck um mit dem Auto die Berechtigung zu erlangen. Mit Billett ein Vogelreservat durchfahren zu dürfen.
Es war mir eine Farce, ein Privileg das man kaufen kann, kann nur ein Schwindel sein. Da Privilegien immer aus Schwindel und Ungerechtigkeit gebraut werden und das besonders in Ländern in denen der Großteil der Bevölkerung

am Existenzminimum knabbern darf. Das war meine Überzeugung, aber ich habe bezahlt und gekauft, denn ich wollte weiter. Denn zu dieser Zeit war es die geregelte Verbindungsroute durch den Vogelpark, von Nouadhiebou nach Nouakchott zu gelangen.

Diese führte zuerst über eine Bahnlinie, wo wir wegen eines Zuges warten mussten. Dort verkehren die längsten Züge der Welt. Diese sind mit Erzen beladen und fahren im langsamen Tempo ihre Strecke ab. Ein Zug den wir beim Vorbeifahren abwarteten, wurde mit sechs Diesel- Lokomotiven angetrieben. Zwei Lokomotiven an der Spitze des Zuges, zwei in der Mitte und zwei hinten als Schub und Schluss gedacht. Manche dieser Züge sind sechs Kilometer lang. Wir warteten sicher eine viertel Stunde oder zwanzig Minuten bis der Zug vorüber gefahren war. Danach konnten wir das Gleis überqueren. Dort war keine Aufschüttung angebracht, um mit einem Fahrzeug besser über die Schwellen zu kommen. Wobei ich dann gleich mit meinem Auto, das über wenig Bodenfreiheit verfügte, auf den Schienen aufsetzte. Das hatte ich mit solch brachialer Gewalt durchgeführt, dass erst Markus mit seinem Allradbetriebenen Toyota Landcruiser, mein Auto vom Gleis herunter ziehen konnte.

Dann ging es weiter in die richtige Wüste, über Sand, Stein und Schotterfelder. In den Sandfeldern fuhr ich mich ständig fest, weil ich einfach kein Gespür für den richtigen Umgang mit dem Gas fand. In einem dieser Steinfelder, das waren Flächen die mit Steinen aller Größen übersät waren hatte ich dann auch noch den Benzintank leck gefahren. Die Ex-Emmas hatten einen Zweikomponenten Kunststoff- Kleber dabei. Damit reparierten wir den Treibstofftank meines Wagens, den ich dazu ausbauen musste. Vorerst füllten wir das Benzin in alle leeren Gefäße um, die zur Hand waren. Denn alle Reservekanister waren ja noch voll. Auch in ihre

Kochtöpfe und in ihre Salatschüsseln durfte ich mein Benzin füllen. Ja, ich konnte verstehen, dass sie immer missmutiger mit mir sprachen. Ich wurde langsam zur Nervensäge und immer unsicherer in meiner Fahrweise. Doch ihr Geplänkel, über meinen Fahrstil half mir auch nicht gegen mein Manko anzukommen. Eher das Gegenteil war der Fall.

Mein blauer Plastikkompass sagte mir, wir bewegten uns in Süd-Süd-westliche Richtung. Und mein Auto fiel förmlich auseinander, meinen Wellenbrecher, der Flamingo Schnabel, den Ölwannenschutz, der hatte sich längst schon aus seinen Halterungen gelöst und diese 2CV Motorhaube, stellte ich dekorativ in einem Steinfeld auf. Nach 80 - 90 Km Wegstrecke, erreichten wir ein kleines Haus, das aus Brettern und Wellblech recht rustikal konstruiert wirkte. Aus dunklen Planen und Decken hatten die Bewohner einen Stall für ihre Tiere angebaut. Über dem Eingang, der Hütte prangte ein rundes, rotes blechernes, verbeultes Coca Cola- Werbeschild. Wir waren zwar zeitig aufgebrochen, doch durch meine ständigen Fahrfehler und kleinen Reparaturen an meinem Auto, war der Abend dem Tag auf den Fersen gefolgt. Es ist sicher erwähnenswert, dass ich immer noch mit einer durchgebrannten Zylinderkopfdichtung unterwegs war und alle paar Kilometer anhalten musste, um Wasser nachzufüllen. Vor allem dann wenn ich mit mehr Schub fahren musste. Zu diesem Zeitpunkt war ich immer noch der festen Überzeugung, dass nur mit hoher Drehzahl und kleinem Gang Sandpassagen zu meistern sind. Ich fuhr mich aufgrund dieser Fahrweise immer und immer wieder im Sand fest. Meine Freunde, mit ihrer Engelsgeduld, mussten mich anschließend immer befreien. Und bei diesen Aktionen hatte ich den Motor meines Autos unnötigerweise immer wieder heiß gefahren. Der benötigte dadurch sehr viel Wasser, das ich dem immer stecken gebliebenen Auto verabreichte. Meine Freunde verstanden nicht wie dumm ich war und immer wieder mein Auto festfuhr. Mit Lalla als Chauffeur, blieben sie nie stecken, da er ein perfekter Fahrer war.

Der kleine Laden war unter einem großen Baobabbaum, einem Affenbrotbaum gebaut. Ich konnte das erste Mal in meinem Leben einen riesigen Affenbrotbaum in seiner lebensbejahenden Unbekümmertheit, in seiner knochentrockenen Umwelt, ungläubig bewundern. Wie der letzte von neun, auf Schnur ebener, vegetationsloser Wüstenebene, das letzte Holz. Wie wenn nach dem Abräumen noch einer stehen geblieben wäre. Ja, mir drängte sich der Vergleich zu einer Kegelbahn auf.

Ein einsames Haus steht unter einem einsamen kahlem Baum, sie verstärken in ihrer Geschlossenheit eher das Gefühl an einem Ort zu sein, der aus der Zwischenwelt vorm Einschlafen entsprungen ist, aus jenem Ort, in dem unser Gehirn immer neue Versuche von Realitäten durchprobiert. Oder, ein surrealistischer Maler, wie Dahli malte eine Vision. Genauso einsam der Baum so wie das Haus, der einsam als Grünzeug, ohne Blätter, jedoch strotzend vor Lebenskraft und Optimismus. Der da stand als der letzte oder der erste von Tausend. Er war der erste lebendige Baum, den ich seit verlassen von Ali´s Innenhof wieder zu sehen bekam. Dort war saftiges Grün, in Töpfen und in Rabatten, um sein Haus gepflanzt. Dort haben sie immer regelmäßig kräftig gegossen. Auch bemerkte ich schon flaumigen Grasbewuchs auf Dünen und über weiten Sandebenen, so grün und spärlich, wie darauf fluoreszierend.

Mir stellte sich die Frage, ob hier der Vegetationszyklus der Pflanzen dem gleichen Sommer- Winter Rhythmus unterworfen ist wie in Europa. Doch, das Wüstenklima, wird von anderen Gesetzmäßigkeiten gelenkt. Der wichtigste

Faktor, der hier das Leben in Gang hält, ist der Regen.
Die Regenzeit, in West Afrika, kann bereits im Mai beginnen
und endet im September, laut Recherche in meinem Welt
Atlas.

Wir nahmen uns keine Zeit, für den Besuch oder zum
Einkauf im Verkaufsraum des Häuschens. Wir wollten
weiter. Markus, der diese Strecke schon gefahren war und sie
kannte, sagte, bis zur Küste wäre es noch ein gutes Stück zu
fahren. Als die Dämmerung einsetzte, erreichten wir den
Strand und fuhren darauf noch weitere fünf oder zehn
Kilometern. Bald hob sich auch schon das Fischerdorf gegen
die Unberührtheit seiner Umgebung ab. Dort befand sich das
Büro des Vogel-Reservates, wo wir unsere
Sondergenehmigungen oder Durchfahrt Bewilligungen
vorzeigten.

Hunderte von Kindern liefen uns entgegen. Nein, es waren
nur sehr viele. Lachend und miteinander streitend, schrien sie
nach Cadeau, nach einem Geschenk. Gerne hätte ich eines
gehabt, doch aus meiner bestürzten Fantasie konnte ich mir
nicht ausmalen, was es sein hätte können. In Indien, war ich
schon einmal mit dem Problem beschäftigt, welch ein
Geschenk, Kinder von mir haben möchten. Weil ich immer
nur Sachen mit mir führe, auf die ich nicht verzichten wollte
und auch nicht konnte. Kinder der Dritten Welt werden bei
uns als arm angesehen. Vielleicht weil sie nicht soviel
Plastikspielsachen haben? Jedoch dürfen sie eine Kindheit
leben, welche unseren armen Kindern, in der zivilisierten
Welt versagt bleibt. Aus gesundheitlichen Gründen und aus
Gründen die vor allem mit der beengten Risikobereitschaft
ihrer Eltern zu tun hat und sie müssen artig sein und lernen,
damit aus ihnen später einmal etwas werden kann.

Ich entschloss mich, ihnen das nächste Mal, wenn ich wieder
einmal vorbei kommen werde, etwas mitzubringen. Es

werden Gummibälle sein, die ich unter ihnen verteilen werde. Jedoch hätte ich darauf verzichten sollen, denn ich konnte mir nicht vorstellen, welch ein Krieg unter den Kindern nach der Verteilung der Bällchen ausbrechen würde. Die Kinder bekämpften sich um diese bunten Gummibälle, in brutaler Gier. Manche Kinder wollten mehr Bälle habe, als die Anderen. Da sind wir uns doch alle überall gleich, in diesem Punkt, wir Primaten. Vergesst es nicht, weißer Mann und weiße Frau, anscheinend sind wir die, die immer Gutes wollen und dabei Böses schaffen, in unserem Gutmensch sein. Mit unseren humanen, jedoch blasierten Ansichten und damit eine immer schon perfekte Welt verändern? Nur weil sie nicht mit unseren Werten und Ängsten ausgestattet ist, darum meinen wir, sie wäre unterentwickelt.

Dieser Gedanke, springt mich seither förmlich immer an, immer dann wenn mich jemand nach einem Geschenk fragt. Viele Generationen lang wurde dieser Kontinent ausgeblutet und ausgeraubt von den Eingriffen der Weißen Menschen. Dadurch wurde dem ganzen Erdteil seine Selbstbestimmung und sein Reichtum genommen. Sie sind arm und wir sind reich. Von Sklavenhändler, Glücksritter, Entdecker und Eroberer, Waffen- und Kühlschrankhändler ausgelaugt. Oder verhülle ich durch diesen Standpunkt, salbungsvoll, das schlechte Gewissen, des weißen Geschäftle Machers der jetzt auch in mir lebt? Denn bei meinem Vorhaben erschien mir die Vorstellung, im armen Afrika ein altes Auto zu verkaufen als Unmoralisch. Etwas für das sich auf dem Deutschen Markt nur noch ein Weg zeigt, nämlich den der zum Schrottplatz führt. Dieser Punkt war von Anfang an der Makel in meiner Planung. Doch Insider, erfahrene Afrikafahrer und alte Geschäftle Macher, beruhigten mich in meinem Dünkel. Sie sagten mir beruhigend, selbst für einen reichen Afrikaner wären die Ausgaben für einen Neuwagen horrend. Und Altautos die per Schiff, nach Afrika transportiert worden sind, kosten auf dem Afrikanischen Automarkt sogar noch viel mehr. Afrikaner bevorzugen diese Autos, die auf dem Landweg importiert wurden. Schon klar, alle Ausreden, sind immer salbungsvoll.

Am Ende des kleinen Fischerdorfes, mit taktvollem Abstand zum Dorf, wollten wir die Nacht verbringen.

Markus sagte, es wäre wichtig, außerhalb des Flut- und Tiden Bereiches des Meeres zu lagern. In der Nacht, setze die Flut ein und der Strand stehe dann unterm Meeresspiegel. Dieses ist gut zu wissen, es ist gut sich einem vorausschauenden Menschen anvertraut zu haben, der dieser Möglichkeit Beachtung schenkt. Denn wer würde es lieben, nachts seinem nassen Schlafsack zu entsteigen, um in der Dunkelheit noch retten, was noch zu erretten ist.

Vor uns spannte sich der Strand in einhundertfünfzig Kilometer Unberührtheit, als Tagesetappe bis nach Nouakchott. Es ist ein sagenhaftes Naturerlebnis, mit dem Auto diese lange Distanz am Strand zu fahren.

Wir sahen Pelikane, die zu Hunderten im tiefen Wasser fischten, 200m vom Ufer entfernt. Auch eine Unzahl von anderen Vogelarten, deren Namen ich nicht kannte. Am Strand lag ein sonnen gebleichtes Walskelett. Im offenen Meer tummeln sich lebendige Wale. Ihre weißen Gischt Fontänen, der Atemstoß, den sie nach einem Tauchgang von sich geben, waren der Beweis ihrer Lebendigkeit.

Auch wenn eine gewisse Dekadenz sich darin verbarg, den Frieden einsamer Strände, seltener Vögel und naturbelassener Erde, mit dem Auto zu erschrecken. Als ein einzigartiges Naturerlebnis, als eine Safari empfand ich unsere Exkursion.

Als wir zur Mittagszeit pausierten, hatte ich das Verlangen

diese brillante Situation zu nutzen, ich wollte im Meer etwas schwimmen gehen. Es wurde von den Anderen der Einwand erwähnt, dass es hier Haie geben könnte. Doch dieser Gedankengang konnte mich nicht abhalten, denn auf dieser Reise von einem Haifisch gefressen zu werden, erschien mir höchst unwahrscheinlich. Nach der langen Autofahrt, dem Campen auf offener Strecke und das Nächtigen in den Straßen düsterer Vororte, den fünf Tagen wohnen neben den Minen, da erschien es mir fast nicht mehr möglich, jetzt ausgerechnet von einem Haifisch aufgefressen zu werden_ Oder? Also, hechtete ich in das schnell tief abfallende Meer. Das war sehr erfrischend, denn das Wasser war kalt. Mit schnellen Kraulbewegungen schwamm ich gegen die Brandung an. Als die Wellenbewegung des Meeres, als sanfte Wogen mich beim Schwimmen nur noch liebevoll hoben und senkten, als der Meeresboden aus meinem Sehfeld entschwunden war und unter mir das Tinten blau der tiefen See nur noch als die alleinig gültige Farbe mich umgab, da war mir nach Zurückschwimmen. Als ich mich im Wasser umdrehte, verwunderte mich zunächst wie weit ich mich in so kurzer Zeit im Wasser bewegte und vom Ufer entfernt hatte. Ich bin kein schneller Schwimmer und war in kürzester Zeit einhundert oder einhundertfünfzig Meter geschwommen. Im Kräftesparendem Brustschwimmen wollte ich zurückrudern. Doch obwohl ich zügig schwamm, konnte ich kein annähern an den Strand bemerken. Eher das Gegenteil, ich trieb ab, aufs Meer hinaus, nach Brasilien, nach Amerika. Meine Freunde am Strand, wurden sehr schnell kleiner, mich ereilten viele Gedanken, Gedanken über ablandige Strömungen. Gedanken über Weiße Haie, die darin sicher gerne jagten. Der nächste Gedankengang war, > jetzt alles oder nix <. Mir war klar, ich hatte jetzt um mein Leben zu schwimmen, dafür zu kämpfen. So legte ich mich wieder flach ins Wasser und drosch im Kraul-Stiel schwimmend, aufs Wasser ein. Bei einem kurzen Kontrollblick, erkannte ich ein vages Annähern, dem Ufer. Und wieder kraulte ich wie ein Wahnsinniger um mein bisschen Leben, schon weil ich nichts anderes Vorstellbares hatte. Nach zwei oder drei Minuten Verausgabung, einer neue Pause mit Kontrollblick zum Strand_ der einfach nicht näher kam. Ohmei, ohmei… Ohmeiohmei... Jetzt, sitze ich aber wirklich in der Kakke… Das war mein innerer Kommentar. Ich dachte mir, dieses ist nicht der Moment in dem ich sterben werde, so bestimmt nicht.

In Überzeugung ans Weiterleben, bemühte ich mich aufs Neue. Noch einmal und noch einmal mobilisierte ich Kräfte für einen erneuten Kraulsprint.

Meinen Freunden wurde bewusst, vor ihren Augen ist gerade einer dabei, der es vorzieht nicht nach Amerika weggezogen zu werden und es sich vornimmt seinen nächsten Schritt wieder auf Afrikanischen Grund und Boden zu setzen.

Sie feuerten mich an. Ich bekam das Gefühl, der letzte Schwimmer, einer Schwimmstaffel zu sein, dessen Engagement über den Ausgang eines wichtigen Schwimm Wetbewerbes entscheidet. Als ich nach einer gefühlten Stunde harten körperlichen Schwimmtrainings wieder in Strandnähe kam, riss abrupt die ablandige Strömung ab und ich konnte mich erschöpft aus dem Wasser retten, oder schleppen. Ich studierte zu Hause, um mir Informationen für Billigreisen nach Amerika einzuholen, die Atlas Seite über Meeresströmungen ums Cap Verde. Dabei wurde mein damaliger Verdacht, den ich im Meer schon hatte, bestätigt. Auf dem Rücken des Rücklaufs des Golfstromes wäre ich, kostenlos, in den Golf von Mexiko gelangt. Denn vor Spanien gabelt sich der Golfstrom, ein Teil fließt in den Nordatlantik, wo er bis Grönland vordringt. Doch ich hätte via Kanaren-

Strom, dem Nordäquatorialstrom und dem Antillenstrom, in aller Ruhe Kuba besuchen können.

Zuerst wurde ich richtig ausgeschimpft von meinen Ex-Emmas, aber dann rissen sie wieder Witze, „Dass ka au nur dem Beuyer passieren..", „dass der a überall neidappt..", usw. …und so fort. Einer muss doch für die allgemeine Unterhaltung sorgen, in einer tristen Welt, wo in der Umgebung nur lauter griesgrämige Schwaben sind.

Manchmal sogar in Afrika.

Frisch erholt, um ein Reiseerlebnis reicher, setzten wir den Weg fort. Als Leihgabe bekam ich König Rolf ins Auto, den schweigsamen König, der fast nichts sprach und sich seiner Würde selbst genügte. Den Ex-Emmas wurde es sicher zu eng, zu Fünft in ihrem Auto, mit dem vielen Gepäck. Die andern Emmas bemerkten über sein Schweigen, er hätte Angst vor mir, weil er keinem Verrückten über den Weg traue. Aber so kam es mir nicht vor. Er war nur etwas ruhiger in seiner Art. Dann wurde der Strand breit und flach und felsig. Auf ausgespülten Felsplatten setzten wir die Fahrt fort. Auf der weiten Sonnenbank der See, fuhr sich das Auto befreit, in salzigen Champagner Schaum gebettet, wie aus dem Moment entführt und in den nächsten gerückt. Schwerelos, in den Azurfarben von Himmel und See umgeben, auf dem weißen Sand des Strandes. Im satten Tempo der Motorkraft, in ein Delirium der Dynamik entführt. Der sich oft wie sich selbst überlassen und lässig in meine Hand übergeben. Dem verstreuten Meer ist es oft auch nicht klar, wie es sich wieder zusammenfinden soll. In tiefen Prielen versteckt, floss das Meerwasser, die zuvor schaumige Gischt, wieder zurück in den Ozean.

Dann übersah ich doch glatt, dem Strand zu folgen und habe eine Einfahrt oder Ausfahrt auf der Autobahn des Strandes übersehen und fuhr mit dem Auto, einer Felsplatte folgend, hinaus aufs Meer.

Als hätte ich die Landgebundenheit meines Fahrzeugs, mit der Hochseetauglichkeit eines Schiffes verwechselt, beschrieben die Ex-Emmas meine Exkursion, wie es ihnen schien. Besonders Thomas, tat sich mit seinen ironischen, oder sarkastischen Bemerkungen hervor, er meinte sicher witzigen, aber er ließ trotzdem immer noch irgendwo ein gutes Haar an mir.

Links ein Priel, rechts ein Priel und die Felsplatte verlor sich immer weiter im immer tiefer werdenden Meer.

Wir fuhren sehr schnell, auf dem Strand, 70.., 80.., manchmal 90 Km/h…

In diesem Tempo, sah ich keine Schwierigkeit, mit dem Auto über den ableitenden Kanal wie ein Boot darauf hinüber zu gleiten, wenn die Rinne sich verjüngen würde. Auf Sand, folgte Fels, eine Entscheidung musste her. Dann verengte und vertiefte sich die Rinne und ich wagte den Sprung mit dem Auto, über die Unterwasserklippen. Das Auto flutschte durchs Wasser, der Aufprall an der Kante auf der anderen Seite der Unterwasserrinne war hart, König Rolf, stemmte sich mit beiden Händen gegen das Autodach. Er fluchte sehr un- königlich dabei. Die Freunde sagten mir später, er könnte gar nicht einmal richtig schwimmen.

Es war ernst und Rolf war tapfer, denn nur ein Mutiger hat genügend Vertrauen zu sich selbst und zu seinem Schicksal. Der Aufprall auf der Unterwasserklippe war so hart dass die geflickte Naht am Hinterrad wieder aufriss. Mir blieb nichts anderes übrig, als mit einem platten Reifen am Strand weiter zu düsen. Denn ich hatte immer noch nicht den Reservereifen reparieren lassen_ Ich hatte dieses kleine Detail einfach vergessen.

Der schlappe Gummi, wurde beim Fahren heiß und begann

am Hinterrad zu kochen. Der Reifen löste sich einfach in Kaugummi auf, oder als wäre er ein Radiergummi. Übrig blieb nur die Felge, die als ein Eisenrad, auf dem Strand eine tiefe Pflugspur hinterließ. Im weichen Sand, war dadurch der Fahrkomfort aber fast nicht gestört. Manchmal führen wir an Fischerdörfern vorbei. Dort waren liebevoll bunt bemalte Boote, im Sand angepflockt. Wir fuhren mit den Autos über deren Halteleinen. Lala war davon überzeugt, ich hätte sicher hin und wieder eine Vertäuung durchschnitten, mit der scharfen Felge. Flotten von Fischerbooten würden mit durchgeschnittenen Leinen hinter uns im Atlantik treiben. Rolf, fuhr weiterhin als mein Passagier bei mir mit, er hat mir wohl vergeben und überzeugt, dass ich nach dem letzten Ereignis vernünftiger fahren möge.

Am Nachmittag begrüßte uns Nouakchott, mit seinem quirligen, pittoresken Strand. Wo die Fischer den Fang des Tages aus den Booten entluden und die schlanken Fischerboote per Hand auf den Strand gezogen waren.

Wie bunte, bemalte Bananen, hingen sie nebeneinander, an der Meeresböschung aufgereiht, weit von der See entfernt, vielleicht, damit sie nicht von Wetterumstürzen zerstört werden würden.

Es war sehr schwierig dem breiten und am Ende steil ansteigenden, weichen Sandstrand hinauf zu fahren, für mich. Ich vergrub das Auto zweimal oder dreimal im losen, von der Sonne wie Zucker ausgetrockneten Sand. Meine Freunde halfen mir rege wieder frei zu kommen, sie waren bereits etwas verärgert. Wir hatten schon lange vereinbart, wenn wir in Nouakchott angekommen sind, werden unsere Wege sich trennen. Sie brauchten eine Erholung von mir, oder sie wären wieder gerne unter sich gewesen. Ich freute mich auch auf neue Leute und andere Gesichter.

Am Strand bemühten sich ebenfalls zwei französische

Autoschieber mit ihren Autos gegen die Steigung am breiten Strand anzukommen. Durch die Scheiben der Hecktüren des einen Fahrzeugs, einem kleiner alter Renault-Kombi, konnten wir Reifen erkennen. Holge fragte den Franzosen, ob er einen Reifen hätte der auf mein Auto passte.

Wieder war das Glück auf meiner Seite. Der hatte einen Passenden in seinem Kontingent und der Reifen war sogar auf der richtigen Felge aufgezogen, die mit vier Schraubenlöcher auf mein Auto passte. Es heißt, Glück haben die Tüchtigen. Manche sagen auch, dass Narren immer Glück hätten. Das Sorglose, am glücklichsten sind, gefällt mir am besten. Darüber, hatte ich mir nicht den Kopf zerbrochen, in welcher Kategorie ich mich mit einreihen wollte. Es war so wie es war und mich zog es weiter und hatte einfach oft nur Glück.

Unser Abschied fiel nicht so übertrieben herzlich aus, sondern wir gingen einfach von einander. Saßen wir doch über Tage fast Wochen, uns auf der Pelle und ich ihnen im Genick. Ich bezog von ihnen viele mir fehlende Attribute, Lebensmittel, wir tranken Bier gemeinsam, sie befreiten mich aus den Lagen meiner idiotischen Fahrmanöver. Ich bekam von ihnen eine schwarze Lederjacke, aus einem Altkleidersack geschenkt. Die ich auftrug und ab diesem Zeitpunkt fast nicht mehr ablegte, bis sie nur noch aus Fetzen und Löchern bestand. Sie hatten Altkleider dabei, für Bedürftige mitgeführt. Ich war einer davon, denn ich hatte mir bei meiner eiligen Abfahrt nicht einmal eine Jacke mitgenommen. Aber und vor allen Dingen war ich, nachdem wir uns trafen, nicht mehr allein, sie schenkten mir ihre Freundschaft. Erhielt ich doch sehr viel aus ihrer Gemeinschaft, fühlte ich mich manchmal schon als ein Teil davon. Ich hatte nichts zum Gegenreichen, ich war aber froh Freunde getroffen und kennen gelernt zu haben. Denn allein und mit meiner fehlenden Ausrüstung und meinen fehlenden Erfahrungen hätte ich keine Chance gehabt, da durch zukommen. Jetzt war die Wüste durchquert. Vom Minenfeld bis hier her. Wahrscheinlich hätte ich nicht einmal eine Chance gehabt zu überleben_ Danke Freunde, Ihr habt mich meinem Ziel näher gebracht und so oft gerettet.

Jetzt war ich gestärkt und wieder voller Tatendrang.

Hier war ein Campingplatz, der mir nach einer Besichtigung nicht gefiel. Auch hatte ich den Eindruck, meine Ex-Emmas wollten hier bleiben und wir hatten uns doch bereits verabschiedet.

Dort hatte mich ein sehr durchtrieben aussehender Turbanträger nach dem Preis meines Autos befragt. Der sah aus wie ein orientalischer Gauner, der sonst immer Karawanen überfällt und ausraubt. Ich hatte mir noch keine Gedanken darüber gemacht, noch hatte ich Informationen über die Preise, die dort für Autos bezahlt wurden. Das versuchte ich ihm klar zu machen. Doch der wurde mir zu aufdringlich, in seiner fordernden Art und Weise. Von hier aus führte auch eine Teerstraße weiter nach Nouakchott.

Dafür entschied ich mich.

Der Wachtraum in…

Nouakchott war staubig und heiß, es flirrte der goldene Schein der untergehenden Sonne durch das Blätterdach der Niembäume. Schattiges Lichtspiel spiegelte rosarot und orange, auf glänzend polierter Teerstraße, die seit Monaten kein Regen mehr angefeuchtet hatte. Über den Straßen, war die abendliche Wärme, ein eigenes Element, unsichtbar, aber fast greifbar wie warmes, substanzloses Wasser, gestaut und bewegungslos, gemütlich wie ein warmes Bett. Als wäre mir warmer Honig über den ganzen Körper gepinselt worden, angenehm, klebrig in den Gelenkbeugen. So fühlte es sich in dieser Stadt überall an, angenehm und wundervoll. Alles Materielles war von der Hitze durchdrungen und sendete seine Wärmewellen in den Abend, als befände man sich im Inneren eines auskühlenden Backofens. Esel gezogene Pritschenwagen und verbeulte, grüne Taxis bestimmten den Verkehrsfluss und dessen Geschwindigkeit. Der Verkehr bewegte sich im gemütlichen Tempo der müden Esel dahin. Der Zeit war hier an eine behagliche Lässigkeit angeschmiegt, darum gingen sie so freundlich mit ihr um.

Wie in den Fischerdörfern, so zierte auch hier die Mehrzahl der Menschen schwarze Hautfarbe. Damit geschmückt, denn Schwarze Menschen empfand ich als schön. Fast alle Männer trugen Turbane. Die Frauen trugen meist dunkle Tücher, womit sie ihre Gesichter halb verdeckten. Die jungen Frauen und Mädchen verdeckten ihre Gesichter aber meist nur diagonal, um fast schon kokett in ihrer nubische Schönheit geheimnisvoll zu lächeln. Die ganze Stadt flirrte in dem goldenen Licht mit, denn sie war ja davon überzogen, alles schien wie vergoldet, oder aus Gold zu sein.

Ich war auf der Suche nach einer Bleibe. Den Campingplatz im Zentrum der Stadt, den reservierte die internationale Autoschieber-Klientel für sich, mit der immer präsenten Maurischen Automafia. Mir war es dort absolut suspekt, sofort, auf meinem ersten Eindruck. Gleich wurde ich wieder in diesem Gemisch auf Französisch und Englisch über den Verkauf meines Autos ausgefragt. Sie unterbreiteten mir Insiderinformationen zu Zollfreien Abwicklungen. Sie erklärten mir, wie das geregelt werden könnte und sie boten mir dieses Verfahren an. Mit einem Boot wollte man mich über den Fluss Senegal, außer Landes bringen und an Land, in Senegal würde ich absetzt werden. Mit >cash money< , in den Taschen. Somit wäre der Einfuhrzoll umgangen gewesen.

„Nö, bestimmt nicht." Hatte ich es doch bisher immer vermieden, eins über die Rübe zu bekommen, um mich dann in einem Fluss versenkt wieder zu finden. Ein Alter, in der Ecke sitzender beobachtete dieses Geschäftsmeeting.

Er ging mir nach, auf der Straße sprach er mich an. Er sagte mir, ich solle vorsichtig sein, mit diesen Typen da drinnen. Sie wären gefährliche Gangster und verstünden keinen Spaß. Er wüsste eine schöne Bleibe für mich.

Einmal werden sie mich sogar adoptieren

Dieser freundliche Mensch, weckte sofort mein Vertrauen. Und voilà, ich verstand ihn haargenau, fast Wort für Wort. Er gehörte zum Volk der Tuareg. Ein anderer Tuareg, mit seiner hübschen Französischen Frau, betreibe unweit von hier eine Auberge.

Wir fuhren gemeinsam zur >Auberge La Dune<.

Mir war diese Herberge und das Ehepaar die sie betrieb, auf den ersten Blick sympathisch. Nein, sie erschienen mir ab dem ersten Moment wie alte Freunde zu sein, die ich lange nicht mehr sah. Diese Menschen, denen ich ab der ersten Begegnung Freundschaft schenken kann, sind mir immer wichtige Mitreisende auf dem Ocean Liner des Lebens. Denn der erste Eindruck täuscht nie. Sie zeigten mir ein Zimmer, das sah aus als wäre es ein privates Gästezimmer in ihrem Haus. So persönlich war dort auch die ganze Atmosphäre. Die Frau, sie hieß Veronique, sie fragte mich ob ich schon zu Abend gegessen hätte. Ich aß dann eine Omelette, und trank danach im Kreis meiner netten Gastgeber noch einen petit Café, den Said, der Mann von Veronique zubereitete.

Sie versuchten mit mir zu reden, doch mein mikroskopischer

Französischer Wortschatz ließ zu dieser Zeit noch keinen großen Gedankenaustausch zu. Doch ich begann langsam ein Gefühl für die Sprache zu bekommen und verstand oft, was man mir ausrichten wollte.

Sie gaben sich sehr viel Mühe mit mir und sprachen mich immer wieder an. Sie wollten sich mit mir austauschen. Sie erklärten mir ausführlich Französische Ausdrücke, die ich dann in mein Notizbuch eintrug. Sie zeigten sich sehr interessiert an mir. Dann blieb ich ganze drei Tage bei Veronique und Said. In ihrem wundervoll begrünten Anwesen durfte ich am Auto Reparaturen durchführen und konnte es reinigen. Durch das ständige Ein- und Aussteigen im Sand hatte sich im Autoinnenraum eine 5cm dicke Sandsschüttung angesammelt. Mächtig genug, um Kartoffeln zu züchten. Die Sandbretter, die ich aus wohl sentimentalen Gründen immer noch mitführte, wären dann der Zündstoff um sie zu rösten gewesen. Oder wenn´s mit den Kartoffeln nichts wird, dann werden sie halt der Grundstock für meine Afrikanische Hütte werden. Wie es Walter empfahl, oder wie er vermutete. Schon wieder frischte mein Wunsch mit neuem Wind auf, mir den neuen Kulturkreis zu erobern.

Nach dieser kurzen Zeit, hatte ich das Gefühl ein Teil ihres privaten Freundeskreises zu sein. Als ich mich von ihnen verabschiedete, versprach ich ihnen, wieder zu kommen. Ich würde sie in den nächsten zwei Jahren noch sechs, oder sieben Mal besuchen. Einmal würde ich bei ihnen eine ganze Woche verbringen. Weil eine wunderschöne Senegalesin bei ihnen wohnen würde und wir uns ineinander verlieben würden.

Said wird mir sogar einmal vorschlagen, ich soll bei ihm und mit meinem Allradbetriebenen 911er Mercedes- Polizei- Mannschaftswagen bleiben und seine Gäste damit zu

Wüstenexkursionen ausfahren. Denn ich würde in Zukunft, finanziell lohnende Allradbetriebene Lastwagen nach Afrika Transportieren und verkaufen. Er wird mir vorgeschlagen, sein Kompagnon zu werden. Doch ich wollte dann meine beiden Töchterlein nicht Papa los in Deutschland zurück lassen.

Nachdem ich für meine Unterkunft und Essen, bei Veronique und Said bezahlt hatte, war mein Reisekapital, das ich jetzt im Futter meiner neuen Lederjacke verwahrte, auf einen Hundertmark-Schein zusammen geschrumpft.

Genug, um in Afrika, der Zukunft in einem sorglosen Licht entgegen zu sehen und um im bescheidenen Luxus leben zu können. Mich amüsierte der Gedanke, in einem fremden Land, auf einem fernen Kontinent, fast pleite zu sein. Alleine und nur noch mit meine famosen Ideen ausgerüstet zu sein, um einen Plan und meine Vorhaben verwirklichen zu können.

Der lange Arm des Gesetzes unterhält mich mit einer extra Showeinlage

Die Stadt Nouakchott verließ ich Richtung Süden. Von einem Kreisel führten hier alle weiterleitenden Straßen ab. Von hier ging es nach Mali und in den Senegal. Im Kreisverkehr besah ich mir die Namen der ausgehängten Städte und entschied mich nach zweimaliger Umrundung des Schilderwaldes für Rosso. Eine Orientierungsrunde war notwendig, zu verwirrend war diese Vielzahl an Städte- und Ortsnamen für mich. Nach einem halben Kilometer Fahrt, nach dem Kreisel, hörte ich eine grelle Polizeisirene aufheulen. Die, wie ich im

Rückspiegel sah, von einem Polizei- Motorrad stammte. Das Streifen- Motorrad überholte mich und der Polizist, forderte mich mit ausgestreckten Arm auf zu halten. Mit kalter, unfreundlicher Mine verlangte er alle meine Pariere. Erst studierte er sehr konzentriert den handgeschriebenen Eintrag in meinem Reisepass. Doch den Pass gab er mir gleich wieder zurück. Auch konnte der Deutsche Fahrzeugschein sein Interesse nicht lange fesseln. Mit Begeisterung überlas er die Versicherungspolice, die ich in Nouadhiebou abgeschlossen hatte. Als hätte er eine kriminelle Spur gefunden. Die Autoversicherung ließ ich vor zehn Tagen in Nouadhiebou ausstellen. Mit dem heutigen Tag, endete der Versicherungsschutz, um 24 Uhr. Bis dahin werde ich im Senegal sein, so mein Plan. Pech gehabt, Herr Polizist, meine Papiere sind in absoluter Ordnung, ich bin doch Deutscher.

Was brachte er als nächstes vor?

Er sagte, in Mauretanischen Kreisverkehren ist es verboten, sie zwei Mal zu umfahren. Er nannte den Kreisverkehr Karussell. Dieses Karussell hatte einen Durchmesser von einhundertfünfzig Meter. Auf seiner Insel wäre bequem ein Fußballfeld mit Internationalen Maßen unterzubringen gewesen. Vor allem, wer hätte schon gehört, dass man auf einem Karussell nur einmal herumfahren darf? Bei dieser Vorstellung, musste ich lachen, zu absurd war diese Situation. Es frequentierte fast kein Verkehr. Mein Auto war das einzige Karussell- Pferdchen. Er verlangte als Entschädigung für diesen Frevel zweitausend Ugia, das entsprach 40,-DM. Ganz schön teuer, für eine Extrarunde Karussell fahren.

Ich erwiderte, kurz und bündig, I don't pay. Er verstand meine Absicht, nicht bezahlen zu wollen, für diesen groben Verkehrsverstoß. Dann wird diese Diskussion auf dem

Präsidium fortgesetzt, dann sollte der Chef sich einschalten. Ich sagte, „OK". Ich hatte es nicht eilig. Vor allem wollte ich mich nicht ausrauben lassen.

Nachdem dieser Einschüchterungsversuch seine Wirkung verfehlte, war er kurz ratlos. Darauf hatte er sicher erwidert, für solche Lappalien wäre die Chefzeit zu kostbar.

Überhaupt fehle meinem Auto der rechte, seitliche Rückspiegel und ich sollte dafür 100 Ugia Strafe bezahlen. Alles klar, ich bezahlte mein Strafmandat, ohne zu murren. Natürlich, welch ein grobes Ausstattungs-Manko an einem Auto, den Japanischen Nissan-Werken und auch dem Deutschen TÜV war das immer noch nicht aufgefallen. Ein Auto braucht einen rechten Außenspiegel. Die lassen einfach dieses verkehrswichtige, lebensnotwendige Objekt weg. Und natürlich, er hatte auch keinen Quittungsblock dabei. Den kann man ja auch einmal vergessen haben, als Polizist.

Dann kam wie auf Bestellung ein rollender Schrotthaufen vorbeigefahren. Dem fehlte die Beifahrertür, die Stoßstangen und auch keine Windschutzscheibe durfte das Freiluftgefühl der Passagiere beengen. Wie aus rostigen Eitergeschwüren, fielen einmal die Scheinwerfer und die Rücklichter heraus. Die rosten sich frei aus allen Halterungen. Somit waren die störenden Wunderreger entledigt. An diesem Auto waren überhaupt keine Rückspiegel vorhanden.

Der Polizist und ich, wir betrachteten dieses Auto, wie es langsam an uns vorbei zog. Der Polizist hielt es nicht an, weil er wusste, dass dieses Fahrzeug nicht zu stoppen gewesen wäre. Dieses Auto wurde bestimmt mit einem Anker aus Baustahl gestoppt. So einen wie sie die Fischer benutzen, gegen die Strömung des Meeres.

Er las meine Gedanken und schüttelte nur den Kopf, er sagte dann auf Französisch, wie kann man sich mit einem solchen Auto nur auf die Straße wagen, oder, den schnappe ich mir

morgen. Das dachte ich jedenfalls verstanden zu haben.
Dann sagte er, bon Route. Er stieg auf sein Motorrad und
fuhr weiter, ohne die Verfolgung des Auto- Zombie
aufzunehmen. Ja, hier war Afrika und ich war Freiwild, für
die Polizei.

Aber mir war diese Show die zwei Mark Gage wert. Oder als
Eintrittspreis für die Freilichtinszenierung, die hier
unentwegt veranstaltet wird. Der Titel lautet schlicht,
„ Mama Afrika, du sorgenloses Land".

Dann war der Weg frei. Bis Rosso, hatte ich 200 Km zu
fahren. Die Luft war dunstig und schwül. Die Hitze wölbte
den Asphalt und ließ die Straße, bereits nach einhundert
Meter in eine flirrenden Luftspiegelung verschwinden. Sie
wirkte wie einen abgerollter, pappiger Lakritz Kringel.

Vom Himmel gleißte das grelle Licht, so trüb wie aus einer
Neonröhre und auch so weiß und so blendend. Die Gegend
war ausgedörrt, mit Regen grüßten die Götter hier selten. Es
fehlte auch jeder Windhauch. Liebten ihre Götter dieses Land
und die Menschen darauf nicht? Als würden sie sie hassen.
Nein, der Missionar ist lange schon begraben und mit ihm
alle seinen moralischen Schreckbilder.

Die Straße nach Rosso führte zuerst über Geröllfelder und an
Dünen vorbei. Dann hoben sich zuerst vereinzelt und bald
immer mehr riesige Baobab-Bäume aus der trockenen
Umgebung hervor. Der beige Sand begrünte sich. Zuerst war
es nur als ein zartes Minzgrün und als ein Hauch, als ein
leichtes grünliches Schimmern über dem Sand bemerkbar.
Das Annähern an den Fluss Senegal, kündigte sich mit
Wiesen und Feldern an. Wenn das Grün auch nicht von
Wiesen stammte, wie ich sie in Erinnerung hatte. Jedoch das
Grün des schilfigen Elefantengrases war nach Wochenlangen
Braun-, Gelb-und Beige-Tönen eine wirkliche Freude für

meine Augen. Dann folgte ich einem Wegweiser, der nach Rechts von der Straße abführte. Nach San Luis, in den Senegal. Holge, der sich auskannte, sagten mir zum Abschied, es gäbe von hier zwei Wege von Mauretanien in den Senegal zu gelangen. Der eine führe über Rosso, um von dort mit der Fähre den Senegal- River überqueren zu können. Der andere Weg war eine Piste und führte auf dem Hochwasserdamm des Flusses angelegt zu einer weiteren Grenzstation. Über Brücken konnten mehrere Mündungs-Arme des Flusses überquert werden, die sich danach immer weiter zu einem Mündungsdelta ausbreiteten. Ungefähr fünf Kilometer weiter unten nährte der Fluss ein riesiges Vogel- und Naturreservat, in dem es auch Krokodile gab. Die Piste wäre in der Regenzeit, sehr schwer zu befahren, aber führte direkt nach San Luis, sagten mir Holge.

Egal, jetzt war bestimmt keine Regenzeit. Ich wollte mir den Fährpreis sparen und entschied mich für die Piste.

Die Piste entwickelte sich schon nach ein paar hundert Meter zu einem sehr ausgefahrenen Feldweg. In der Regenzeit entstanden diese hüfttiefen Löcher. Wenn schwere LKWs in dem lehmigen Boden versackten, müssen sie in stundenlanger Schwerstarbeit ausgegraben werden. Zurück blieben tiefe Löcher, für die sich keiner mehr interessierte. Keiner schaufelt es wieder zu. Jeder will ja weiter und es ist die Aufgabe der Fahrer, schnell eine Strecke zu meistern. Time is Money, dieses Motto gilt für alle Lastwagenfahrer, sicher auch für Afrikanische.

Diese Piste war ein harter von der Sonne gebrannter Lehm Parcours. Wie in Beton gegossen, um darauf die Fahrkünste des Fahrers und die Geländetauglichkeit des Autos auszutesten. Manchmal, führte der Weg vom aufgeschobenen Damm in das sumpfige Schwemmland ab. Mit Verbissenheit weigerte ich mich im Seifigen Morast stecken zu bleiben.

Festgefahren, erschien es mir als eine schmierige Tortour mich daraus wieder zu befreien. Ich schloss es einfach aus, nach einer saftigen Schlammschlacht, mich mit verdreckter Schaufel und Lehm verpappten Brettern, ins frisch gereinigte Auto hinein setzen zu müssen. Nach zwanzig oder dreißig Kilometer konzentrierter Geländefahrt, meldete mir ein Schild, Douane und damit die Senegalesische Grenze an. Ich war heilfroh angekommen zu sein und dass ich nicht im Schlamm das Auto ausgraben musste, aus dem Morast und in dem moderigen Dreck. Über ein Wehr eines eingedeichten Mündungsarmes des Senegal- Rivers, erkannte ich an dem Gebäude der Grenzstationen, das ich angekommen bin, die letzte Pistenpassage erfolgreich zurück gelegt habe. Hier war ich an der Trennlinie zwischen zwei Staaten und der Trennung zwischen arabischer und schwarz-afrikanischer Kultur. Nach der Grenze begann für mich das richtige, das echte, das schwarze Afrika. Ja, ja, wenn die in Marokko das hören würden, würden sie wahrscheinlich fragen, und was sind wir? Chinesen, hä?

Vor den Grenzstationen, staute sich ein Pulk aus Autos und Lastwagen. Auch etliche Passanten, verbrachten wohl schon einen beachtlichen Teil ihres Lebens hier. Das schloss ich aus ihren gelangweilten Gesichtern. Eingereiht in ihrer Warteschlange, hatte ich das Gefühl, mich auf eine längere Pause einstellen zu müssen. Alle Wartenden wirkten so überdrüssig, als wäre hier eine Beerdigung verschoben worden. So, wartete ich wieder an einer Grenze und auf eine Einreisebewilligung. Mit hofften, meine Information war richtig und Deutsche brauchten keine Visa für den Senegal. Einer der Wartenden, sprach mich an und fragte mich, ob ich ihn mitnehmen wollte. Sein Name war Ibrahim und er war Senegalese. „Natürlich" sagte ich mit Freude über einen neuen Beifahrer . Er verstand nicht was ich sagte, ich übersetzte mit „Naturell", wobei ich mir fast sicher war, dass diese Übersetzung keinen Sinn ergab. Aber er verstand meine Einwilligung ihn mitzunehmen. Ich und war erfreut einen Passagier zu haben. Während der Wartezeit erzählte mir Ibrahim, dass er in Mauretanien auf den Feldern arbeitete und nun froh wäre wieder nach Hause zu kommen. Weil die Mauren so prüde wären, mit dem ganzen Alkoholverbot, und er möchte jetzt endlich wieder einmal ein Bier trinken. Im Senegal gäbe es gutes Bier und das Beste wäre das „La Gazelle", worauf er sich schon freute. Bei den Mauren gab's nur süß-pappigen Tee. Er liebe diesen Tee, aber immer nur Tee den ganzen Tag, das kann doch auf Dauer auch nicht gesund sein... Ja, ich konnte ihn gut verstehen. Wie ich es schon beim Anblick der Warteschlangen, an Fahrzeugen und Menschen erwartet hatte, die Abfertigungen der Einreisenden vollzogen sich in müder Gelassenheit weiter trübsinnig dahin. Dann hörte ich ein Motor brummeln, welches nur von einem Motorrad stammen konnte. Dann kam Sam mit seiner BMW, wie aus einer verloren gegangenen Sequenz, aus einem anderen Film, um die Ecke gebogen. Mönsch, Sam hattest du dich verfahren gehabt?

>No, shit...< Er hatte ein kleines Problem mit seiner Maschine. Ein kleiner Unfall, irgend etwas war abgebrochen und musste ersetzt werden. Er hatte in Nouakchott acht Tage lang seine Reise unterbrechen müssen und warten. Nun war aber wieder alles so wie es sein sollte. Innerhalb von fünf Tagen war ihm ein Ersatzteil aus Deutschland, per Express, geschickt worden. Er hatte nach dem Warten dann das Motorrad selbst repariert. Und mir gelang es anscheinend auch, nach Mauretanien einzureisen, merkte er an. Dann wäre bei mir auch alles in Ordnung gegangen, fügte er hinzu. Ibrahim schaltet sich in unser Gespräch mit ein und sagte, ob

wir Lust hätten bei einem Bier uns weiter auszutauschen? Denn er wüsste in San Luis eine gemütliche Bar. Sein Vorschlag weckte bei Sam und mir nur hellhörige Begeisterung. Es war für uns Ausländer problemlos, in den Senegal einzureisen. Der Grenzbeamte trug uns Beiden, Sam und mir, lächelnd die Aufenthaltsgenehmigungen in die Pässe ein und sagte, er freue sich uns begrüßen zu dürfen. Ohne Misstrauen, sondern angenehm und freundlich. Ich hatte es geschafft.

Nun konnte ich mir den neuen Kulturkreis entdecken.

Mit Ibrahim und Sam, zur feierlichen Einstimmung, gleich mit einem Bier.

Ibrahims Bar war eine aus Brettern zusammen genagelte Theke. Diese befand sich im Hinterhof eines Kontors. Unter freiem Himmel, als eine gemütliche und groteske Ecke eingerichtet. Absonderlich und eigenartig für westliche Sehgewohnheiten. Doch in München oder Berlin wäre diese Bar ein Reißer und bald zu einer In-Kneipe geworden. Man würde dort dieses minimalistische Design und das entstandene Ambiente als Zukunftsweisend, die Avantgarde einer neuen Kneipenära ansehen. Zwischen Holzkisten und ausrangierten Fahrrädern, Mopeds ohne Motor, oder halb zerlegten Motoren. Aus Autofelgen hatten sie Barhocker zusammengeschraubt und geschweißt. Die Sitzflächen waren mit Ziegenfellen überzogen. Ein paar Autositze standen um ein niederes Brettertischchen gruppiert. Diese Örtlichkeit beheimatete ruhige und gesellige Mitmenschen, die auf ein Bier vom Alltag sich befreiten und den Feierabend feierten. Das Bier war frisch und mundig und kam aus einer Gefriertruhe, die als Isolierbox diente. Diese wurde mit Eis und dessen Schmelzwasser gekühlt.

Ibrahim lud Sam und mich zu sich Nachhause ein, er wohnte in Dakar bei seiner Familie, erzählte er. Das waren seine

Mutter und seine drei Schwestern. Zwei der Schwestern waren bereits verheiratet und deren Männer und ihre Kinder wohnten auch mit in dem großen Haus, welches sein toter Vater zu seinen Lebzeiten erworben hatte.

Weiter bot er mir an, meinen defekten Motor bei ihm richten lassen zu können, denn einer seiner Nachbarn reparierte Autos.

Nachdem jeder zwei Bier getrunken hatte, sah die Welt auch wieder ganz anders aus. Eine Flasche „La Gazelle" ist mit 0,73l Bier aufgefüllt. Diese Maßmenge, ist ein Überbleibsel aus Französischer Kolonialzeit. Diese Normen sprengende Befüllung-Einheit entspricht einem alten Französischen Raummaß, mit dem die Bierflaschen traditionell verkauft wurden. Nach der Kolonialzeit hatten die Senegalesen das Bier, die Flaschen und die Maßeinheit dafür beibehalten und weiterhin dieses köstliche Hirsebier gebraut und in den alten Flaschen verpackt. Mir schmeckte das (dieses) Bier auf Anhieb und beim ersten Schluck schon. Es war ein leichtes Bier, mit nur 3,5% Alkoholanteil, in der Hitze, so eine angenehme Erfrischung. Beim Bier und anregender Unterhaltung, vergeht die Zeit überall sehr schnell. Es war bereits später Nachmittag, als wir nach Dakar aufbrachen. Bis dahin hatten wir noch 180 Km zu fahren. Im warmen Licht des Nachmittags sahen die Landschaften, die Vegetation, die Ortschaften und Menschen, so Afrikanisch aus, dass ich nun mit Sicherheit wusste, ich war angekommen. Sam, fuhr mit dem Motorrad voraus. Denn es ist schöner wenn die Motorradeskorte voraus fährt.

Wir, Ibrahim und ich entwickelten in kürzester Zeit eine eigene Sprechfertigkeit mit der wir uns gut austauschen konnten. Ibrahim sprach ein gutes Französisch und er verfügte über ein paar Englische Sprachfragmente, auch ich wußte im Englischen nicht viel mehr. Afrikanische Menschen sind mit einem ausgeprägten Sprachtalent begabt. Sie sprechen oft zwei oder mehr Fremdsprachen und genieren sich auch nicht etwas zu umschreiben. Es fiel uns leicht, die Spanne bis Dakar in lebhafter Unterhaltung und interessantem Gedankenaustausch zurückzulegen.

Mit dem Einbruch der Nacht wurde es ruhig auf der Straße. Doch wir mussten sehr konzentriert fahren, denn einsame Pferdedroschken fuhren noch ihre trübseligen Routen, denn alle strömten in die Geborgenheit ihrer Afrikanischen Rundhütten. Afrikaner laufen nicht gerne.

Die Lampen der Pferdewagen glommen diffus und die Hauptverkehrswege in den Ortschaften waren unbeleuchtet. Manchmal flackerte eine Petroleumlampe unruhig und schwach auf. Deren Schaukeln und Wackeln verriet ihre improvisierte Position an der Achse eines Pferdetaxis. Afrikanische Menschen, manche dunkel gekleidet, waren für meine Europäische Sehgewohnheit schwer erkennbar. Die Gesichter Weißhäutiger Menschen reflektieren das Restlicht der Nacht und das des Mondes der am Himmel steht. Der Mond tut das selbst auch als Widerschein der Sonne. Afrikanische Gesichter tun das nicht. Die schwarze Haut ihrer Gesichter schluckt das Licht.

Nur in den Zentren von Städten zuckte manchmal eine bleiche Leuchtstoffröhre vor sich hin. In weiträumiger Umgebung versahen sie lichtschwach ihren Dienst, unter einem Neon-blauen Himmel der späten Abends. Flackernd im fröhlichem Insekten schwirren, im mysteriösen Dämmerschein an leblosen, staubigen Plätzen. Diese halten sich verdeckt bis sie wieder im Gewühl des Tages auferstehen. Afrikanische Nächte können manchmal recht schwarz erscheinen.

In Roufisk, einer der Vorstädte Dakars, bemerkte ich das

Hinweisschild zu einem Campingplatz. >Dorthin werde ich nachdem das Auto repariert ist gehen. Dort wird sich alles Weitere finden. Dort werde ich das Auto verkaufen können<. Dieser Gedankenblock befiel mich in dem Bruchteil der Sekunde, als ich das Hinweisschild in den Augenwinkeln kurz aufleuchten sah. _ Reisender, vertraue immer auf deine Intuitionen, das Reisen hat dich wach gemacht für Gedankenblitze und deine Instinkte geschärft.

Sam, eskortierte nun hinter dem Auto. Ibrahim dirigierte uns als der einheimische Führer durch das labyrinthische Dakar, zu seinem Haus. Dieses Haus, ein typisches Gebäude aus französischer Kolonialzeit, sah so beeindruckend aus als stände es im Altstadtviertel von Nancy.

Ibrahim begrüßt seine Familie. Nach fünf Minuten kam er zurück zu uns, durch die hohe Mauer die das Anwesen umfriedete und vor neugierigen Blicken bewahrte.

Jetzt konnten wir reinkommen, um seiner Familie, seinen Schwestern, seine Schwager, deren Kindern und seiner Mutter, der Matrone und Herrin des Familienclans vorgeführt zu werden. Ibrahim hatte sie schon eingehend auf uns vorbereitet, nicht dass die Kinder einen Schock bekommen und die ganze Nacht schreien, wenn sie vorm Schlafengehen noch zwei „Tubab" zu sehen kriegen.

Wie zwei Horrorfiguren für schreckliche Träume.

Wenn eine Gattung über viele Generationen von einer anderen, die auch noch eine furchtbar, kränkelnde Hautfarbe besitzt, gefangen, gemartert und versklavt wird, wird sich in den Köpfen der einen, der immer Gepeinigten, irgend etwas genetisch festsetzen das dann weiter auf die Kinder vererbt wird.

Als Ibrahim uns seiner Familie vorstellte, kam ich mir wie ein seltenes Tier, oder wie eine seltsame Kreatur mit abnormaler

Hautfarbe vor. Besonders die Kinder, sie starrten mich aus ihren Blickwinkel solange an, bis ich sie ansah um sich dann verschämt abzuwenden. Das Haus war voll belegt und es gab keinen Platz für uns zu schlafen, das sagte Ibrahim zu uns nachdem wir von alle skeptisch beäugt worden waren.

Sam sagte, er nehme sich ein Zimmer in Dakar. Morgen wollte er noch einmal vorbeisehen, bevor er in die Weiten des noch übrigen Kontinents weiterreiste.

Ja, sagte Ibrahim, zum Mittagessen gäbe es Dschibutschie mit Fisch, dazu sei er herzlich eingeladen.

Der Tank des Autos war so ziemlich leer, und auch den Reservekanister hatte ich schon umgefüllt. Darum beschloss ich vor der Villa, im Auto zu schlafen.

Ibrahim bezog sein >Haus<, seine Hütte, hinter der Villa. Dort war ein etwa mit 1,50m x 2,00m Grundfläche und 1,50m hoher Raum angebaut. Darin wohnte Ibrahim, wenn er Zuhause verweilte. Er hatte es sich dort gemütlich eingerichtet und den Raum mit einer Kerze ausgeleuchtet. Meiner Meinung war dieser Raum, in Absicht der Französischen Erbauer für ihren Hund vorgesehen. Aufgrund der großzügigen Raummaße hatten sie sicher eine Dogge gehalten, um Einheimische davor abzuschrecken ins Anwesen einzudringen.

Er lud mich ein bei ihm zu schlafen. An allen möglichen und manchmal auch unmöglichen Orten, hatte ich des Nachts schon geruht. Doch in einer Hundehütte bisher noch nie. Auch fand ich dass das in der Ausführung meines Lebenslaufes kein glanzvolles Ereignis wäre. Ich lehnte ab. Ich hatte schon das Auto zum Hotel „Komfort-Palast" umgebaut, den Sitz in Liegestellung und mit dem Schlafsack mich zugedeckt. Dann klopfte Ibrahim an die Wagentür, er wollte mit mir den gelungenen Tag noch mit einem

Feierabendbier ausklingen lassen.

Er fragte mich nach Geld, denn er wäre pleite. Denn er habe seinen Verdienst, den Lohn aus Mauretanischer Feldarbeit, brav seiner Mutter übergeben. Mit meinem letzten Mauretanischen 1000-Ugia-Schein machte er sich auf den Weg, uns einen „Dämmerschoppen" zu besorgen. Es wäre kein Umstand für ihn, ihm wäre es auch möglich, hier mit Mauretanischer Währung einzukaufen, bemerkte er zu meinem Einwand. Weil ich noch kein Geld umgetauscht hatte.

Zurück kamen sie zu Zweit, einer kam mit. Sein Name war Papi. Ibrahim und Papi waren Kumpels aus alten Tagen und sie hatten sich lange nicht mehr gesehen. Ibrahim hatte ihn natürlich auch auf ein Bier als Dämmertrunk eingeladen. Das ist schon in Ordnung, sagte ich als er mir Rechenschaft über den zusätzlichen Bierkauf erstattete. Wir tranken unser Biere und rauchten noch ein paar Zigaretten.

Dann legte ich mich schlafen, in mein Hotel „Komfort Palast", wie meine Behausung, von einem Marokkanischem Witzbold einmal genannt wurde. Zum Totlachen fand ich diesen Ausdruck Seinerzeit aber auch nicht.

Ibrahim und Papi gingen noch einmal aus, denn sie hatten noch das Restgeld vom Biereinkauf. Ich werde in Zukunft achtsamer mit meinem Geld umgehen müssen.

Vor allem werde ich meine dumme Vertrauensseligkeit dämpfen.

Am nächsten Morgen weckten mich Hammer und Maschinengeräusche, sie stammten aus der Autowerkstatt, vis-a-vis. Dort unterhielt ich mich mit dem Chef über die Autoreparatur. Mit 20´000 CFA, Westafrikanischer Währung, müsste ich rechnen, bezifferte er den Kostenvoranschlag. Das wären etwa 70,-DM, ungefähr zwei Drittel meines Kapitals.

Doch der Halsabschneider in Marokko verlangte das Zehnfache. Der Mann war mir auch gleich sympathisch, er strahlte die ruhige Kompetenz aus, die gute Handwerker verbreiten.

Ich fuhr das Auto in seine Werkstatt und öffnete die Motorhaube. Er begutachtete das Innenleben, verlangte den Fahrzeugschein, dann schloss er das Auto wieder ab. Er gab mir den Autoschlüssel zurück. Dazu sagte er, seine jungen Mitarbeiter wären arm und würden bestimmt etwas aus dem Auto klauen. Seine Offenheit, die Selbstverständlichkeit mit der er über die Gewohnheiten seiner Lehrlinge und Gesellen sprach, bestärkten meinen Eindruck über ihn noch mehr.

Er verlangte 10'000 CFA im Voraus, damit seine Unkosten im Vorfeld der Reparatur gedeckt sein würden.

Dann ging ich zu Ibrahim, der etwas verkatert aus seinem Häuschen herausschaute. Ich fragte ihn, ob er sich gestern noch den Staub der Mauretanischen Felder aus der Kehle gespült hatte. Er sagte, ja und außerdem hatte er sich noch um Käufer für das Auto umgehört und umgesehen.

Er werde dann in die Stadt gehen und ein paar Adressen von potenziellen Käufern abklappern. Er wollte das alleine erledigen, ich könne in der Zwischenzeit hier bleiben. Bis zum Essen wäre er zurück. Er beschrieb mir noch den Weg zur nächsten Bank, wo ich meinen letzten Deutschen Geldschein umwechseln konnte.

Wir gingen dann gemeinsam aus dem Haus, danach trennten sich unsere Wege, er ging rechts, ich links. Jeder auf dem Weg zu seiner Mission. Für meine 100,-DM, bekam ich 33'000 CFA.

Der CFA, war an den Französischen Franc gekoppelt, im Verhältnis 1:100. Für eine Deutsche Mark, wurden 3,3 FF gerechnet und für einen Franc Frances bekam man 100 CFA.

Der Chef der Autowerkstatt schickte dann gleich einen Lehrlinge los, eine neue Zylinderkopfdichtung zu besorgen, als ich ihm das Geld gebrachte hatte.

Bis morgen Abend ist das Auto fertig, sagte er zum Abschied. Ja, ich war in diesem Moment glücklich. So glücklich wie ein Huhn, das gerade ein Ei gelegt hatte. Mit dem Auto war ich bis hierher 6000 Km gefahren und den Großteil der Strecke mit defektem Motor. Ich konnte es fast nicht glauben, ich war wirklich angekommen. Das Auto wird repariert werden. Ich werde dann pleite sein, aber verfüge über das Kapital eines funktionierenden Autos. Es hatte sich wieder gewendet, das Blatt.

Im Innenhof des Hauses waren die Mutter und die Schwestern mit den Hausarbeiten beschäftigt. Wie wuschen und kochten. Die Mutter und Matrone saß auf ihrem Schemel und hütete die Kinderschar, es waren vier oder fünf. Eines war noch ein Säugling und lag im Kinderwagen, den sie bewachte und in Bewegung hielt. Manchmal gab sie Anweisungen an ihre Töchter, von ihrer zentralen Position aus. Sie hatte den ganzen Innenhof in ihrem Blickfeld. Wer hier der Chef war, diese Frage stellte sich mir nicht.

Bald kam Ibrahim von seiner Mission zurück. Eine Resignation war in sein Gesicht geschrieben. Denn die „Client", wie er seine Kunden nannte, wollten nur Dieselbetriebene Autos haben, sagte er. Doch nach dem Essen hatte er noch zwei Adressen abzufahren. Bei diesem anderen „Klientel" sah er ein höheres Geschäftspotenzial, denn dieses wäre auch finanzkräftiger.

Dann kam Ben, der Sound seines Motorrades kündigte ihn bereits an, bevor er an der Tür läutete.

Gut gelaunt und voller Tatendrang. Er ließ es sich ansehen, dass er sich auf seine Weiterreise freute. Er brachte auch für die Kinder Süßigkeiten mit, die er unter ihnen aufteilte. Der verstand es einfach, ein gewinnender Mensch zu sein.

Auf dem Boden des Hausvorbaus hatten die Frauen zwei Matten ausgebreitet und darauf jeweils Schüsseln der Gerichte gestellt. Die Frauen hatten doppelt gedeckt, einmal für sich selbst und zum anderen für uns drei Männer.

Es war untersagt, oder verpönt, oder nicht chic, dass Männer und Frauen aus dem gleichen Topf essen, in diesem Teil der Welt. Wir aßen mit den Fingern gemeinsam von einem großen Teller. Das Essen hatte mir gut geschmeckt.

Doch diese dumme Sitte, dass Frauen und Kinder an einem Napf, und Männer getrennt von ihnen aus einer anderen Schüssel futtern, das empfand ich als todlangweilig und albern. Die wissen wohl gar nicht dass Kinder so infantil wie sie sind, das Essen auflockern und zu einer Freude machen. Leute die auf dem Boden sitzen und mit den Fingern mampfen, bräuchten doch wirklich kein solches Aufheben machen wegen Tischmanieren, oder was soll der Quatsch? Vor allem empfand ich das Fehlen von Frauen, egal bei welcher Situation schon immer als fad. Ich empfand diese Etikette, obwohl man kindisch auf dem Boden sitzt und mit den Fingern schaufelt, steif und prüde.

Nach dem Essen verabschiedete sich Sam. Er gab uns seine Adresse in Südafrika und lud uns zu sich Nachhause ein. Dann brauste er los, auf seinem roten Pferd und mit offenem Visier.

Mich interessierte was dort drüben in der Werkstatt mit meinem Auto passierte und ging nachsehen.

Dort klopfte und hämmerte einer an der letzten Schraube der Zylinderkopfverschraubung herum und versuchte sie mit einem ausgeleierten Imbuss Schlüssel zu lösen. Die Kanten dieser letzten Schraube waren schon ganz rund und ihre Werkzeug-Passung vollkommen ausgeleiert. Um sie zu lösen oder sie endgültig und für immer zu verplomben, drosch er zur Abwechslung mit dem Hammer und Schraubenzieher darauf herum.

Was hatte dieses Genie, mit meinem Auto nur im Sinn?

Sofort nahm ich ihm den Hammer weg. Er schaute mich böse an. Was ich sah, hat mich bis ins Mark erschüttert.

Der Jungmechaniker und Genie Anwärter hatte alle Muttern und Schrauben in Reihenfolge herausgedreht. Auf der letzte Verschraubung wirkte daraufhin die ganze Spannung, welche auf die bereits herausgedrehten Muttern und Schrauben verteilt war.

Somit war der ganze Druck des Gefüges auf diese letzte Verankerung konzentriert. Diese Schraube war durch die einseitige Belastung die auf sie wirkte absolut verkeilt und vereckt. Diese Schraube verband den Zylinderkopf mit dem Motorblock und machte beides zu einem unlösbaren Ganzen. In Anbetracht von soviel Blödheit, musste ich erst mal laut ausatmen.

Mir kam zu diesem Problem die Idee, es müsste der geschundene Schraubenkopf abgetrennt werden. Jedoch war dieser im Metallblock versenkt angebracht und mit keiner Säge oder einem Meißel zugänglich.

Heraus brennen_ Der Schraubenkopf musste abgebrannt werden, mit einem Schneidbrenner. Jetzt kam auch der Meister ans Auto, um nachzusehen was hier los war.

Er sah die Bescherung und gab als erstes seinem Gesellen eine Kopfnuss, mit der Faust. Die hatte dieser sich auch verdient, war meine Überzeugung. Ich mischte mich ins Palaver ein und sagte, Kopf abschneiden… Nein, nein, nicht beim Mechaniker.Den Schraubenkopf abschneiden, den muss man abschneiden, couper, kappen… Mit dem Schneidbrenner, ich zischte aus dem Mund wie sich eine

Brenner Flamme anhört. „Ah", sagte der Meister. Er schickte den Gesellen los, der kam mit einem Elektro- Schweißgerät zurück. Will der jetzt die Schraube fest schweißen? Fragte ich. Das wäre die Afrikanische Methode, erwiderte der Meister. Nun gut, aber klemmt doch, bitte, die Autobatterie ab. >Pourquoi?< „So halt, damit nix passiert".

Diese Weißen sind doch alle überängstliche Weicheier, sagte der Meister und hatte dann doch vom Gesellen einen Pol der Batterie abklemmen lassen. Was als nächstes noch alles gemacht wurde, musste ich mir nicht mit ansehen. Ich ging. Die kleine Schwester war jetzt von der Arbeit Nachhause gekommen und fragte mich ob ich mit ihr zum Strand gehen wolle. Sie ginge einkaufen, kaufte bei den Fischern fangfrischen Fisch dort.

Sie erzählte mir, als wir so spazierten sie arbeite in einem Kindergarten. Die Kinder die sie betreue, wären hauptsächlich die Kinder von Weißen. Sie selbst wollte keine Kinder haben und auch nicht heiraten. Sie war eine moderne, selbstbewusste Frau die es eingepfercht in dieser mittelalterlichen Gesellschaft bestimmt nicht leicht hatte.

Der Strand war von einem rebellischen Trouble belebt. Es roch nach frischem Fisch und bunt gekleidete Frauen feilschten lautstark mit den Fischern um jeden Hering. Zwischen den über Rundhölzern auf den Strand gezogenen Booten verkauften die Fischer ihren Fang.

Fatim, wie die kleine Schwester hieß, fragte mich immer ob mir ein bestimmter Fisch gefalle und ließ, wenn es so war, ihn einpacken und von mir bezahlen. Jetzt verstand ich jetzt auch sie mich zum Einkaufen mitnahm. Nun ja, ich war ein Autobesitzer und ein Weißer, also war ich auch in ihren Augen, ein reicher Mann, was ja auch alles zutraf. Das Vermögen des weißen Mannes teilte sich aber mit jeder Ausgabe immer mehr auf. Ich musste darauf achten, dass mir genug Geld für die Autoreparatur übrig blieb. Sonst wäre ich insolvent und pleite.

In der Werkstatt war der Geselle schon dabei den Motor wieder zusammen zusetzen. Er zeigte mir eine Gewinde Stange deren Ende verschlankt und abgeschmolzen war. Mit dem Elektro-Schweißgerät hatten sie den Schrauben Kopf abgebrannt, und dann ließ sich der Zylinderkopf vom Motorblock abheben, nachdem sie die Steuerkette geöffneten hatten.

Diese Nacht schlief ich vor der Werkstatt, in meinem Auto. Das Auto schoben wir zu diesem Zweck vor das Tor.

Am Mittag des nächsten Tages war das Auto fertig.

Auch die zahlungskräftigeren Klienten, die Ibrahim aufsuchte, hatten kein Verlangen einen Wagen mit Ottomotor zu fahren. Eine Weiterentwicklung aus dieser Situation, schien mir sehr vage. Ich wechselte den Standort. Ich entschied, den Campingplatz aufzusuchen.

Das Auto funktionierte prima.

Keine weißen Dampfschwaden befreiten sich mehr aus dem Auspuff, selbst dann nicht, wenn ich einmal das Gaspedal durchtrat und einen Sammelbus überholte.

Mit einer prickelnden, bunten Freiheit ausgestattet fuhr ich grinsend über den heißen Asphalt. Mich umgab eine tiefe, vollkommene Geborgenheit, mit der ich in meinem neuen Auto durch fremde Straßen und über Sonnenlicht geflutete Plätze fuhr. Dieses Glück das auftauchte legte mir seine warme Hand auf die Schulter und alles verwandelte sich in hellen Sonnenschein. Die Welt meinte es gut mit mir.

Das erste Mal seit den Vogesen war dieser ungute Hintergrundgedanke aus meinem Kopf verschwunden. Dieses anhaltende Manko, mit einem kaputten Auto zu reisen, das gleich auseinander fällt und als Schrott am Straßenrand liegen bleiben kann. Das Auto war wieder ganz.

Den Campingplatz betrieb ein Schweizer mit dem Namen
Martin.   Zu
meiner finanziellen Lage sagte er. „Solange das Auto auf dem
Hof steht, kannst du hier wohnen und essen. Das Auto ist mir
die Garantie dafür, dass du auch alles bezahlen kannst" .
Martin sagte, es kommen immer wieder Vermittler auf den
Platz und halten Ausschau nach Autos, die sie ihren Käufern
als Makler zum Kauf anbieten.
Das war der perfekte Ort, um als Autoschieber meine Ware
an den Mann zu bringen.
Wie alle Situationen dazu bestimmt waren, sich
zusammenzufügen, um am Schluss ein perfektes, rundes
Gebilde entstehen zu lassen. Dann passen alle Momente
ineinander. Und nur durch das Auftreten jedes Problems,
jedes Hindernisses entstand dieser Weg. Und dieser war
nicht vorgezeichnet. Rückblickend betrachtet erschienen mir
diese vielen Kilometer, die ich zurücklegte, wie ein kleiner
Ausflug, den man halt so macht wenn es wieder einmal
langweilig wurde. Ich war absolut einverstanden mit den
letzten 6000 Kilometern, die ich auf meiner Reise zurücklegte
und fühlte mich schon wie am Ende meiner Reise angelangt.
Jedoch ist es im Leben von Reisenden nicht wie in den Rollen
der Protagonisten von Kinofilmen. Ein Film endet mit dem
Schlussmonolog, auf den dramaturgischer Höhepunkt
gegipfelt. Das gute Ende hatte sich erfüllt, Ende, Aus, Amen.
Im richtigen Leben können danach noch unerwartete
Ereignisse auftreten.
Aber allzu viel wusste ich noch nicht darüber.

Die Betreiber des Campingplatzes begannen, mit
Anpflanzungen eine behagliche Kulisse anzulegen. An der
Wuchshöhe der Bäume und Büsche erkannte ich, dass die
Vegetation der Anlage frisch eingepflanzt worden ist. Ich

besah mir gleich das Restaurant, denn Hunger durchwühlte meine Gedärme.

Aus rohen Brettern und Balken war das zu allen Seiten offene Gebäude in das Grundstück gebaut. Die Tische und Bänke in dem Restaurant haben sie aus dem gleichen dunklen Palmholz konstruiert, wie die Balken des Dachstuhls oder wie auch der Tresens es war. Am Tresen standen ebenfalls wieder künstlerisch gestaltete Barhocker, diesmal aus Baustahl gefertigt. Jeder verschieden in ihrem Look. Weil bei allen diesen Hockern die Sitzhöhe gleich war, schloss ich dass der Künstler zwar die Verschiedenheit bevorzugte, aber ein gebrauchsfähiges Sitz -Ensemble gestalte. Afrikadesign. Hinterm Tresen befand sich die Küche, aus Gasherd, Anrichte mit Spüle und einem großem Kühlschrank.

Ein etwa Fünfundvierzig-jähriger mit halb langen Haaren betrieb die Küche. Der Koch war ebenfalls Schweizer, er war mit seinem Motorrad angereist. Er verriet mir, dass seiner kleinen Maschine oft das nötige Leistungspotenzial fehlte, wenn er, der beleibte Koch, in der Wüste eine Sandpassage zu meistern hatte.

Eine kleine 125-er Suzuki ist halt etwas untermotorisiert, für einen 100 Kilo-Koch, mit Gepäck.

Seine Maschine habe sich tapfer gehalten, aber manchmal musste er absteigen und zur Motorleistung dazu helfen und das Motorrad durch die Sandfelder schieben. Oder er verstand es einfach auch nicht richtig zu fahren. War sein Fazit.

Mir war nach einer Omelette aus vier Eiern und einen Kaffee und bestellte beim Koch. Wir redeten eine Weile, der Koch und ich. Ihn interessierte meine Geschichte der fünf Tage, die ich mit den >Emmas< im Minenfeld verbrachte. Als Gegenleistung erzählte er von den vielen Kilometern, die er aus der Schweiz hierher zurücklegte. Mit einer Maschine, der er nicht mehr als 8o- 90 Km/h abverlangen konnte. Jedoch empfand er das langsame Dahinrollen auf einem Motorrad, als eine der schönsten Varianten Länder, Landschaften und Gegenden sich einzuverleiben.

Wir redeten über Afrika. Er sah dieses Land in einem nüchternen, fast schon düsteren Bild wie es in die Moderne einzog. Er lebte schon lange auf diesem Kontinent und war von der Teilnahmslosigkeit mit der diese Menschen ihre Schicksals-Ergebenheit mit ihrem naiven Fatalismus pflegten, bestürzt.

Obwohl es erst früher Nachmittag war, beschlossen wir bei einem Bier, einem „La Gazelle" unser Gespräch fortzusetzen. Aus dem einen Bier wurden zwei. Den Tisch umlagerten bald immer mehr Menschen der unterschiedlichsten Nationalitäten. Man bediente sich der Sprachen Englisch, Französisch, Spanisch und Deutsch, um sich mitzuteilen. Manche Mitteilungen bestanden aus Wörtern, aus mehreren der aufgezählten Sprachen zusammengesetzt.

Es wurden viele Themen erörtert in dem illustren Kreis. Jeder dieser Reisenden, war sein eigener Reiseveranstalter, Reiseführer, Alleinunterhalter, Bordmechaniker, Chef de Cuisine und Ethnologe.

Man sprach von Motorradpolizisten, die es auf Autos mit Zollkennzeichen abgesehen hatten und über die möglichen Verhaltensweisen, wie man denen den Wind entzieht.

Es wurden verschiedene Trommelbauer aufgezählt, welche die unterschiedlichsten Jambeé bauten. Denn Afrikafahrer sollten Jambeé als Handelsobjekt in die entgegen gesetzte Richtung, mit nach Hause nehmen. Damit könnte man seine Reisekosten noch etwas absenken. Denn Afrikanische Trommeln ließen sich immer gut verkaufen.

In diesem familiären Spezialisten Kreis wurde jeden

Nachmittag ein Schnellkurs übers Autoschieben vermittelt.
Autoschieben, aber im Sinn von abenteuerlichem
Autoverkauf, ohne in die Illegalität zu rutschen oder ins
Gefängnis zu gehen. Auch debattierte man darüber, welche
kleinen Nebengeschäfte man noch mitlaufen lassen sollte um
den Gewinn zu maximieren. Das kleine Monopoly für
Nebenerwerbs-Abenteurer.
Die Mehrheit der Afrikafahrer waren Autoschiebe- Touristen,
die nur hin und wieder ein Auto nach Afrika brachten. Doch
es gab auch Autoschiebe- Profis unter ihnen, die ihre ganze
Lebensweise auf das Tingeln zwischen zwei Kontinenten
angepasst hatten.
Gleich erkannte ich, welch eine spannende Lebensgestaltung
das war und konnte mich in diesen Lebensstil selbst hinein
erfinden. Ich erkannte darin eine phantastische Chance, auf
die ich schon lange wartete.
Neben dem Trommelhandel sollte man schon im Vorfeld die
richtigen Handelsobjekte für die Reise gesammelt haben.
Zu diesem Posten gehörten Autoradios, Reifen (vorzugsweise
Sommerreifen die für Mercedes geeignet sind), Kofferradios,
tragbare Fernseher, im Idealfall Computer.
Man sollte seine Ausrüstung in Einzelteilen auf einem Markt
verkaufen.
Man sollte auf einen Kamelmarkt fahren und alle seine
Handelsobjekte, im Halbkreis vor das Auto verteilt aufbauen.
Jedes Stück einzeln ausgehandelt, im Stil eines fliegenden
Händlers, jedes Teil so teuer wie möglich verkaufen.
Angefangen von den Sandblechen, über Wasser- und
Benzinkanister und Luftpumpen ist alles absetzbar.
Werkzeuge, jeglicher Art und jeden Alters.
Afrikaner bevorzugen alte, aber hochwertige Gebrauchs
Gegenstände Europäischer Herkunft. Denn der Afrikanische
Markt wurde mit Billigprodukten, aus China überschwemmt.

Diese Sachen waren aber von schlechter Qualität, ihnen fehlte die solide Robustheit, welche Afrikaner schätzen. Die Autoschieber hatten Matratzen aus Schaumstoff, Kleidung, Schuhe, selbst Spielzeug für die Kinder dabei. Manches als Handelsobjekt, doch vieles und anderes wurde auch verschenkt. Diese Liste an Handelswaren, erregte meine Aufmerksamkeit, obwohl ich wusste, ich hatte von alldem nichts was ich verkaufen könnte.

Als ein interessantes Völkchen, erschienen mir dieses Autoschieber Milieu.

Mit meiner widersprüchlicher Meinung über das Autogeschäft nach Afrika, so beurteilte ich diese Leute auch. Sie schienen mir zum einen Teil als harte Geschäftsleute, die sich aus der Not eines unterentwickelten Landes bereichern. Und zum anderen Teil überlagerte eine unverkennbare Liebe und eine Leidenschaft ihre Aussagen und Handlungen. Das tiefe Mitgefühl für Afrikanische Menschen und deren Not, waren in viele Ausführungen und Berichte aus realen, erlebten Situationen eingemischt.

Bis in die späte Nacht tauschte man Erkenntnisse und Anekdoten aus und behielt eine gute Stimmung aufrecht. Ich trank drei >La Gazelle<, dann ging ich schlafen, in mein gemütlichen Zuhause aus Blech,

Am nächsten Morgen beim Frühstücken sagte der Koch zu mir, ihm wäre eine Idee zu meinem Autoverkauf eingefallen. Er kenne in Dakar eine ganz besondere Kneipe. Diese >Kermel-Bar<, mit Namen, werde hauptsächlich von Franzosen und erfolgreichen Geschäftsleuten besucht. Wir sollten sie am Nachmittag aufsuchen. Dort gäbe es Leute, denen es egal sei, ob der Sprit fürs Auto etwas mehr kosten würde. Da die Spritpreise im Senegal sowieso niedrig sind. In der >Kermel-Bar< werde auch gerne über Geschäfte geredet. Der Koch erzählte mir, fast wie einem Verbündeten, er hätte sich ein Pferd gekauft. Das wollte er am Nachmittag auch besuchen. Mit dem Pferd und einer Droschke daran angespannt, werde er bald weiterreisen.

Er habe sich dieses Droschken Gespann angeschafft, um damit diagonal über den Afrikanischen Kontinent, nach Madagaskar zu fahren.

Darauf sagte ich sagte, „Mahlzeit". Mahlzeit, für die Löwen und für die Leoparden. Die warteten sicher schon darauf, dass ein Unbewaffneter mit Pferd und Wagen bei ihnen einmal vorbeischauen möge. „Die denken sich dann bestimmt, wenn sie Dich sehen werden, ah, das Essen auf Rädern wird geliefert". War mein Kommentar dazu.

Ja, ich machte noch mehr solcher Witze. Mir war nicht bewusst, wie ernst sein Vorhaben, sein Beschluss ihm war. In einem Flüsternden Ton, als gestände er mir, es wäre sein Kindheitraum gewesen mit Pferd und Wagen zur geheimnisvollen Insel Madagaskar zu reisen, so schwor er seinen alten Traum wieder in die Wirklichkeit hinein. Denn erst als er über seinen Plan redete, wurde dieser wieder fast greifbar. Der Koch hieß auch Rolf, so wie der schweigsame König aus dem „Emmapiloten- Club" hieß. Ob sich alle Rolfs in gefährliche Abenteuer stürzen, die sie umbringen können?

Am Vormittag spazierte ich durch das bröckelnde Gemäuer Roufisk. Diesen Häuserzeilen sah man an, dass sie noch aus der Französischen Kolonialzeit stammten und seither nicht mehr renoviert wurden.

Eine Kanalisation war entweder noch nie vorhanden, oder sie war hoffnungslos verstopft. Das schloss ich aus den Pfützen, welche aus den auf die Straße geleerten Abwässern gebildet waren. Die Aroma Glocke, die über dem Stadtteil hing, erinnerte mich an alte Mülldeponien. Wenn der Wind sich gedreht hatte. Zu einer Zeit als es in Deutschland noch Müllhalden auf freiem Felde gab.

Bei einem Bäcker kaufte ich ein Fladenbrot. Einem Straßenhändler kaufte ich Zigaretten ab, die gleichen wie sie die Einheimischen auch rauchten. Diese Einkäufe waren sehr billig. Mir waren nach der Autoreparatur und noch einmal zehn Liter tanken, etwa 10000 CFA geblieben. Ungefähr 30,- DM. Wenn ich so sparsam wie ein Afrikaner lebte, hatte ich sogar noch etwas Taschengeld, bis zum Tag X. Bis zu dem Tag, wenn ich mein Auto verkaufen konnte.

Alle Mahlzeiten und Getränke die ich im Campingplatz-Restaurant zu mir nahm, wurden in einem Buch als Konto in Rechnung gelistet.

Ich hoffte nur, dass dieser Tag X nicht noch allzu lange auf sich warten lässt, denn sonst wäre das Rechnungskonto zu weit angewachsen. Dann hätte ich nicht Nachhause fliegen können. Der Erlös aus dem Autoverkauf ginge postwendend an Martin. Konnte ich dann eine andere Möglichkeit finden, um Nachhause zu gelangen, außer fliegen?

Der billigste Flug nach Europa ginge von Dakar nach Paris. Der kostete 240′000 CFA, also 2400 FF, etwa 750,- DM. Von Paris nach München kostet eine Zugkarte 450 FF, oder vielleicht 500. Martin schätzte, mein Auto auf einen Wert von 3000 FF bis 5000 FF, France Francs, französischer Währung.

Jedoch ist der Wert einer Sache in Afrika immer reine Verhandlungssache. Nur werden die Vorstellungen des Verkäufers und die des Käufers sich um einen Dezimalstellen-Wertes unterscheiden. Die Verhandlungen bei einem Autoverkauf können sich über Tage erstrecken.

Rolf, der Koch, und ich, wir fuhren mit meinem Auto nach Dakar, damit wir es vorführen konnten, sollte sich jemand dafür interessieren.

Die >Kermel-Bar<, befand sich im Zentrum des Geschäfts Bereichs der Stadt, unweit des >Place de Independence<, in der Nähe der ausländischen Botschaften.

Dem Stadtteil war anzusehen, dass hier das Geld Zuhause war. Hier gab es Luxusgeschäfte und Bekleidungsläden mit Erzeugnissen der Edelmarken, Dior, Klein, usw.

Wir parkten vor einer Filiale von Mercedes-Benz, mit einer Limousine im Schaufenster, es war das neuste Modell das darin stand, als Ausstellungsstück. Die Fassade des Geschäftes glänzte in weißem Kunststoff oder weiß beschichtetem Aluminium-Blech. Darüber prangte der verchromte, Hochglanz polierte Firmenschriftzug mit dem Sternen Logo. Daneben wurden in einem anderen Luxusgeschäft, Sportboote mit Ausrüstung und Außenbordmotoren der Firma Johnson verkauft. Hinter Glaswänden konnte man sich dort auch Mono- Wasserski kaufen. Das Hotel >Ambassador< befand sich auf der anderen Seite des Mercedes Geschäftes, dessen Fassade war mit hellem Marmor verkleidet.

Die Bar befand sich in einer Nebenstraße. Wir gingen zu Fuß dort hin, denn bei der Bar war kein Parkplatz zu finden. Die ganze Straße war zugeparkt.

Fast wie in München - Schwabing sah es hier aus, mit ähnlich hohen und engen Häuserzeilen. Nur viel wärmer war es hier. Nur mit würzigeren Düften in der Luft, und mit tropischen Gummibäumen als Allee. Und die Passanten, sie waren mit viel dunklerer Hautfarbe auf den Straßen unterwegs, als blasse Münchner im Winter es meist sind.

Die Bar wirkte auf mich wie jede anderen Bistro-Bar die ich einmal in Frankreich gesehen hatte. Verraucht, mit Nikotin geschwängerter Einrichtung und Gardinen. Mit Menschen beheimatet, von denen man glaubt die wären immer hier.

Selbst ihre Stimmen hatten die selbe gelb - rauchige Färbung, wie die neblige Luft. Diese Menschen gehörten genauso zum Mobiliar, wie die alten angegilbten Schwarz-Weiß Fotografien, die an den Wänden hingen. Von Personen, die sicher schon lange nicht mehr hier verkehrten, weil sie vor über zwanzig Jahren bereits starben.

Der Mann hinter dem Tresen hieß Jean Luc. Er fragte mich, >Ca va< ,wie es mir geht und dann noch, was ich zu trinken haben möchte. Er sollte mir ein >La Gazelle< geben, aber dieses Bier führten sie hier nicht. Das >Anker<, zu dem ich mich dann entschloss schmeckte mir nicht, es war mir einfach zu pappig, darum trank noch einen Gin Tonic hinterher. Gin Tonic soll die Buschmedizin gegen Malaria sein. Bei dieser Medizin könnte eigentlich der Alkohol wegfallen, da der Wirkstoff, das Chinin, als ein Bestandteil im Tonic -water enthalten ist. Denn Tonic -water wird aus der bitteren Chinin Baumrinde hergestellt.

Rolf der gut Französisch sprach, unterhielt sich mit dem Barmann, wie die Automarkt-Lage gerade so wäre. >Oui..<, sagte der Barmann, es gibt hier immer Leute die ein Auto suchen. Doch seines Wissens wird es schwierig werden, einen „Benziner" zu verkaufen. Man fährt hier hauptsächlich Französische Autos mit Dieselmotor, oder Mercedes, diese aber auch nur mit einem „Selbstzünder".

Er empfahl uns noch ein wenig hier zu bleiben, am Abend kämen mehr Besucher ins Lokal. Vor allem Geschäftsleute, denen es egal wäre, ob der Sprit ein paar Sou mehr kosten würde.

Wir beendeten unsere Stipp Visite, mit diesem Tipp. Denn das Rendezvous mit dem Pferd stand noch aus, das noch bei seinem ehemaligen Besitzer stand. Es wurde auch Zeit für Rolfs Küchendienst.

Das Pferd stand auf einem weiträumigen Platz in Roufisk.
Dort hingen an im Boden verankerten Ösen, die Pferde
angebunden. Mit Blechwannen gefüllt mit Wasser und
Häufchen Erdnussstroh war für die Pferde Verköstigung
gesorgt.

Wegen den abseits geparkten Droschken schloss ich, dass es
sich hier um einen der Plätze handelte, an dem die Taxi-
Pferde untergebracht waren. Das Pferd, das sich Rolf gekauft
hatte, war eine alte, klapprige Stute. Bei ihrem Anblick fiel
mir ein Satz aus einem John Wayne – Western wieder ein.
>Sag Joe, brauchst du dieses Pferd um deinen Tabak feucht
zu halten<? Doch ich sagte ihm das nicht, denn ich wollte
nicht als altkluger Nörgler erscheinen und sein Vorhaben wie
ein Neider herunter reden. Außerdem er war alt genug um
seinen Plan selbst durchgedacht zu haben. Oder er wollte sich
selbst in eine Situation bringen, aus der es schwer einen
Ausweg zurück zu finden gab. Wenn Selbstvertrauen und
Selbstbewusstsein zusammen einen Plan befolgen, dann
wollte ich nicht der sein, der zu ihm sagt, horch einmal zu, du
bist auf eine Seifenblase hereingefallen. Oder wie konnte ich
zu jemand etwas sagen, was ich mir selbst auch nicht gerne
sagen ließe. Aus meiner eigenen Lage, aus meinen
bestandenen Eskapaden der letzten Wochen, war es mir nicht
möglich und auch nicht berechtigt, jemanden auf seine
Selbstüberschätzung hinzuweisen. Denn ich selbst hatte mir
meine Lebendigkeit und mein Selbstvertrauen zurückerobert
und dabei meinen eigenes Selbstbewusstsein wieder
gefunden, mit meinen eigenen Mätzchen. Durch mein
riskantes Vorhaben hatte ich meine eigene Glückseligkeit
wieder entdeckt. Jetzt konnte ich doch nicht einem Anderen
seine Verrücktheiten ausreden, oder sie mies machen.

Mir erschien es zwar weltfremd, als Anfänger und Laie, ohne
Pferdeverstand, mit einem altersschwachen Pferd eine drei-

oder viertausend Kilometer lange Reise durch diesen fremden und wilden Kontinent zu starten. Doch ich wollte alle weitere Kritik für mich behalten.

Alle diese Risiken und Zusammenhänge, die musste er doch selbst erkannt haben.

Er deutete manchmal in nebensächlichen Bemerkungen darauf hin, sein Leben hinter sich gelassen zu haben.

In einem Schweizer Konzern bekleidete er vor seiner Krise eine leitende Position. Seine Freundin, seine Lebensgefährtin erkrankte an Krebs und starb. Daraufhin verfiel er in Lethargie und Depression. Bis ihm diese Idee mit Afrika und Madagaskar wieder einfiel. Dann kaufte er ein Motorrad, welches er mit seinem Führerschein noch fahren durfte.

Durch diese Reise wollte er wieder auf andere Gedanken kommen und seiner zerstörerischen Gefühlslage einen Hacken schlagen und ihr entkommen. So ähnlich wie Orpheus in der Unterwelt.

Zurück auf dem Camping Platz, wurde im Restaurant getrommelt was das Zeug hält.

Fast alle hatten sich bei Amadou mit Jambeé eingedeckt. Amadou galt als der beste Trommelbauer weit und breit. Amadou war ein Freund von Joussen Dour, des berühmten senegalesischen Sängers.

Seine Trommeln hätten Profi-Qualität. Denn Joussen Dour hatte sein ganzes Ensemble mit Jambeé von Amadou ausstaffiert.

An manchen Nachmittagen hatte Martin für sich und ein paar interessierte Touristen, einen Trommellehrer auf den Platz bestellt, der ihnen Rhythmus- und Trommelunterricht gab. Es wurde auch gemunkelt, dieser Lehrer hätte in kürzester Zeit graue Haare gekriegt. Es ist halt schwer einer Katze Flötenunterricht zu geben. Denn der Weiße tut sich genauso hart mit Afrikanischer Musik, wie besagte Katze mit Flöten spielen, auch wenn er es nicht gerne zu gibt, der.., die meisten Weißen.

Trommeln ist ansteckend, immer wenn irgendwo eine verwaist dastand, schnappte ich sie mir und musizierte darauf herum. Das war für mich eine wahre Freude. Den Mädels aus Roufisk, die für den Küchendienst angestellt waren, denen gefiel meine Musik auch. Sie sagten ich hätte Talent. Oder sie wollten mir nur etwas Schönes sagen.

Kann auch sein, dass sie mir zu verstehen geben wollten, dass sie mich schätzen weil ich sie vor Rolf in Schutz genommen hatte. Weil er als Chef de Cuisine ein rechter Tyrann war und wegen jeder Kleinigkeit, die ihm missfiel gleich los tobte. Aber richtig, ich war davon sogar selbst überzeugt, dass ich wirklich ein Talent zum Jambeé- hauen hatte.

Als sie einmal in der Nacht, zu vorgerückter Stunde, eine Perkussion Session anstimmten, mit allen vier Trommeln und dazu auch laut und wild, da drehte ich das Blechfass um und gab mit meinem Blechbass den Rhythmus vor. Die zwei Afrikanerinnen, die anwesend waren begannen daraufhin sogar zu tanzen. Ganz subjektiv, mit absoluter Selbstüberschätzung, musste ich gestehen, es stimmte, ich war gut. Danach räumte ich ordentlich den Müll, den ich verstreut hatte wieder auf, denn das Blechfass war die Abfalltonne gewesen. Doch sie hatte einen guten Klang. In Afrika haben sogar die Mülltonnen Sound und ist Musik drin.

Wir Weißen können dort noch sehr viel lernen.

Hauptsächlich dass wir unser Erbsenzähler Wesen nicht so ernst nehmen sollten. Oder etwas über unseren Perfektionismus, mit dem wir uns unser Leben schwerer machen wie es nötig wäre. Und wie gelassen wir uns fühlen könnten, wenn wir hin und wieder einmal über uns selbst lachten.

Es kamen manchmal Afrikanische Vermittler auf dem Platz und sie hielten Ausschau nach Autos, die frisch eingetroffen waren. Immer wieder tauchten irgendwelche Mercedes oder Peugeot auf und sie waren in kürzester Zeit auch wieder verkauft und vom Platz verschwunden. Selbst ein VW-Passat war nach dem zweiten Tag verkauft und an den Mann gebracht. Alle diese Autos waren mit Dieselmotoren ausgerüstet.

Es kamen einmal Berliner, ein Mann und eine Frau, mit zwei schnittigen BMWs, der Sportklasse auf den Hof gefahren. Diese beiden Autos, hatten auch Benzinbetriebene Motoren. Es dauerte keine fünf Stunden und beide Sportwagen waren vertickt.

Warum konnten jetzt diese Autos verkauft werden und meines nicht?

Ja, sagte Martin, diese Autos wären im Trend der Zeit. Wie in allen Großstädten, so existiere auch in Dakar, eine Clique von erfolgreichen Jupees. Diesen Leuten wäre ein Diesel, nicht chic genug und meine alte Kiste wäre diesen Leuten einfach zu gewöhnlich. Sie wollen ein Auto fahren, das als Statussymbol ihr Leistungsverhalten wiedergibt.

Alle reisten, an und ab.

Nur ich mit meiner Karre, wurde langsam zum Inventar des Campingplatzes. Ich fühlte mich bereits wie einer, der auf einem Bahnhof lebt. Wie einer der zu dumm ist, sich eine Fahrkarte zu lösen.

Mir wurden diese zwei Wochen an den Campingplatz gekettet zu sein, auf die Erlösung aus meiner Stagnation warten, lästig und beengend. Einmal daraus befreit zu sein, mich in den Flieger setzen und von hier zu verduften, erschien mir immer mehr als unmöglich. Mein Auto erkannte ich immer mehr als das was es war. Es erschien mir als dieses alte, verbeulte Wrack das in Deutschland nur noch verschrottet werden konnte.

Nach zehn Tagen, ich begann immer mehr im „La Gazelle" zu versumpfen, löste eine neue Einstellung die alte ab.

Auf einmal empfand ich diese Gleichgültigkeit, oder das schönere Wort dafür wäre, einen gelassenen Gleichmut. Ich wollte alles annehmen wie es käme.

Mit diesem Entschluss wachte ich eines Morgens auf. Mir gefiel es hier, das Wetter war absolut nach meinem Geschmack. Mir würde sicher etwas einfallen, ich könnte mich hier anzusiedeln und meinen Lebensunterhalt finden.

Einen anderen Schweizer, den lernte ich im Restaurant des Campingplatzes kennen. Wo er gerne zu Abend aß. Er war damit beauftragt in der Casamass Wildtiere anzusiedeln. Großwildtiere, die im Senegal, wegen Überjagung bereits ausgestorben waren.

Sie fingen in Kenia, Antilopen, Nashörner, sogar eine ganze Elefantenherde ein, um sie im südlichen Senegal, an der Grenze zu Gambia wieder auszusetzen. Natürlich, wurden auch Raubtiere wie Geparden, Hyänen, Leoparden und Löwen um gewildert. Diesen Mann hätte ich fragen können, ob ich dabei mithelfen könnte.

Ja, das wäre wieder ein Job für mich gewesen, Großwildjäger. Aber es gab für mich noch diese Gründe Heim zu kehren. Auch Rolf, war mit Reisevorkehrungen beschäftigt. Bald würde er abreisen, sagte er.

Er fragte mich, ob ich ihn ein Stück begleiten möchte. Ihm war aufgefallen, wie gut ich mit dem Pferd zu Recht kam. Das, das machen doch alle Pferde, wenn sie erzogen wurden. Man tippt ihnen ans Bein, dann heben sie den Huf und lassen ihn ansehen. Aber das war auch schon alles war ich über

Pferde wüsste.

Trotzdem sollte ich ihn begleiten, nur ein paar Tage, damit er nicht allein wäre. Denn wenn diese Anfänger- Probleme auftreten, dann könnte man darüber reden und man fände zu zweit eine bessere Lösung.

Außerdem, außerdem mir war langweilig und hatte viel übrig Zeit. Was wollte ich auch auf diesem Campingplatz faulenzen und immer auf den nächsten Tag warten. Sagte ich mir. Jetzt war ich in Afrika, jetzt konnte ich mir den Busch aus nächster Nähe ansehen. Er sagte, die Zeit würde für mich arbeiten. Und ich treffe dann aus einer besseren Situation auf einen Käufer, wenn dieser auf mich warten musste.

Die Afrikaner wittern förmlich, wenn einer pleite ist. Wenn sie dich als Opfer erkannt haben, dann wird der Preis deines Fahrzeugs auf ein beschämendes Niveau gedrückt. Er hatte das auf dem Platz schon einig Male beobachten können. Viele, meist sehr junge Afrikafahrer, kamen schon auf den Campingplatz und hatten nicht mehr soviel Geld um weiterzufahren, um noch woanders das Auto anzubieten. Die Afrikaner können es abwarten, bis der Autoschieber sich ergibt und sein Auto ihnen billig abstößt. Denn der sitzt ja fest. Und die Afrikaner hätten sehr viel übrige Zeit, und können zu Hause in Ruhe abwarten.

Wenn dann der Preis für ein Fahrzeug gedrückt ist, schien diese Nachricht die Runde gemacht zu haben. Niemand ist dann mehr bereit, den normalen Preis für die Sache bezahlen zu wollen. Die Stadt ist zum Dorf geworden.

Afrikaner tauschen sich aus und halten zusammen, gegen alles was weiß ist. Das war die allgemeine Ansicht der Weißen über die Menschen hier, in deren Land sie sich von Anfang an als Gäste hätten benehmen sollen. Und Rassismus ist keine Einbahnstraße, denn Rassismus schlägt als Woge wieder zurück. Ich vermied es in mir Vorurteile aufzubauen. Ich wollte mich nicht in diesen Sumpf aus gegenseitiger Gehässigkeit herabziehen lassen. Die hatten doch vollkommen Recht mit ihren abwartenden Geschäftspraktiken. Warum fuhren wir auch hierher? Es war natürlich so, dass die Afrikaner wussten dass sie in der besseren Lage seien und dadurch die besseren Karten hatten. Denn sie wussten, wenn Heute nicht ein günstiges Auto kam, dann käme sicher Morgen eins.

Mir war doch schon lange klar, warum es immer an mir zog, Weg zu kommen aus unseren, diesen technologisieren Ländern. In denen es keinen Spaß und keine richtige Freude mehr gab. Wo man aus Übersättigung glaubte die Lebensfreude und das Abenteuer kann man nur in Disney-Parks mit harter Währung sich erkaufen. Denn dieses wilde Land mit seiner direkten Menschlichkeit war doch genau nach meinem Geschmack. Ich wollte trotz aller Belehrungen über Afrikanische Geschäfts- und Autohandels- Praktiken ein Menschenfreund bleiben. Auch wenn mir gesagt wurde, ich wäre naiv.

Am nächsten Tag, wollte er Los traben, mit seiner goldenen Stute. Auf in die Weiten der unberührten Savannen des rot erdigen Kontinents.

Ich werde ein Stück seines neuen Lebensabschnittes die Patenschaft mit übernehmen. Wir werden seine Paten sein, das Pferd und ich. Wobei dem Pferd eine wichtigere Rolle beigemessen sein wird.

Wir starteten etwa um sieben Uhr Senegalesischer Ortszeit, wir Drei. An der Spitze lief das Pferd, in der Droschke saßen Rolf und ich. Das Pferd verfiel sofort in seinen ihm seit sehr langem schon gewöhntem Arbeitsrhythmus.

Wir verließen Roufisk, auf der Hauptstraße Richtung

Norden. Auf freiem Land wechselten wir mit östlicher Zielsetzung. Um der Metropole Dakar und deren Vorstädte, welche auf dem Cap Verde gelegen sind zu umfahren. Um dann nach Süden fahrend den Strand wieder zu erreichen. Somit wurde der Weg ums Cap Verde, von einer Küstenseite zur anderen Küstenseite, mit einer Diagonalen gekürzt.

Rolf beabsichtigte dem Strand noch ein Stück auf der nördlichen Seite vor Dakar zu folgen, um seine Bekannten und seine Freundin zu besuchen und um sich von ihnen zu verabschieden.

Diese Frau war Französin und betrieb eine Auberge mit Restaurant und Cafe direkt am Strand, umgeben von einem Palmenhain. Wir aßen bei ihr Omelette und tranken Kaffee. Wir verbrachten etwa zwei Stunde bei ihr. Das Pferd blieb in seinem Geschirr eingespannt und musste im Schatten einer Palme auf uns warten. Mit Wasser und Erdnussstroh haben wir dafür gesorgt, dass es auch einen Imbiss zu sich nehmen konnte. Meine Gorotex Wanderstiefel hatte ich auf der Pritsche des Pferdeanhängers verstaut, weil sie mir einfach zu warm waren. Die meiste Zeit lief ich barfuß.

In den Schuhen schwitzte ich und bekam vom Schweiß schon das typische Fußaroma. Auch meinen Schuhen entströmte ein herzhafter Duft, wie nach Backsteinkäse oder altem Tilsiter.

Als ich wieder an die Equipage trat, fiel mir sofort auf dass meine Schuhe fehlten. Auch weiteres Absuchen der Ladefläche führte zu keinem Ergebnis. Denn die Schuhe könnten ja aus ihrer Position verrutscht gewesen sein. Doch alles Suchen half nichts und konnte die Schuhe nicht materialisieren, wo nichts mehr war da konnte man auch nichts mehr finden. Meine Schuhe waren weg, verschwunden, vom Wagen herunter geklaut. Ich sagte Rolf, dass meine Schuhe fehlten, der sagte es seiner Freundin.

Anette wie die Wirtin hieß, erkundigte sich bei ihrem Hausmeister und Gärtner nach meinen Schuhen.

Der alte Afrikaner verdächtigte Kinder, die hier immer herumlungerten des Diebstahls. Doch das half alles nichts, meine Schuhe blieben verschwunden. Wie leichtsinnig war ich wieder gewesen, als Reisender sein wertvollstes Kapital, sein gutes Schuhwerk zu verlieren. Ich sah mich bereits Barfuß über Disteln und dorniges Gestrüpp wandeln.

Dem alten Afrikaner rührte meine Not zu Mitleid und er schenkte mir seine alten, ausgetretenen Gummi-Flipp-Flop, die er an den Füssen trug.

Kann auch sein dass er sie somit eingetauscht hatte, gegen meine. Verdächtigungen sind aber immer blöd. Dieses misstrauische Nachsinnen macht auch nur böses Blut und pflanzt Disten im Hirn. Jetzt war ich doch mit original afrikanischem Schuhwerk ausgerüstet. Mich befiel das Gefühl, ich mutierte immer mehr zu einem Afrikaner. Die Reise ging von jetzt sehr genau Richtung Osten weiter, das bestätigte mir mein Kompass. Einmal durchquerten wir ein Dorf, bestehend aus sieben oder acht aus Lehm gebauten Häusern. Diese waren mit Schilf, oder „Elefantengras" eingedeckt.

Bunt gekleidete Frauen bereiteten das Essen. Sie stampften Hirse auf traditionelle Art in einem holen Holzmörser. Zwei der Frauen hatten ihre Säuglinge, mittels Tücher auf ihre Rücken gebunden. Die Zwei anderen waren junge Mädchen und sie arbeiteten mit nackten Brüsten. Beim Vorbeifahren schenkten sie uns ein lautes, kehliges Trillern mit strahlendem Lachen und geheimnisvollen Bemerkungen, die wir leider nicht verstehen konnten. Eine Schar von krakelnden, nackter und halb nackter Kindern begleitete uns durch das Dorf. Hier waren „Spanner" und Pädophile noch unbekannt. Hier konnten junge Frauen sich ungezwungen in ihrer Schönheit zeigen und Kinder eine freie Kindheit ausleben.

Wir befanden uns noch im Einzugsgebiet von Dakar, von der Metropole dreißig, oder vierzig Kilometer entfernt. Trotzdem existiert in ihrem nahen Umfeld noch dieses natürliche und traditionelle Leben, wie in einem afrikanischem Parallele-Universum. Rolf erklärte, so wäre Afrika, sobald man eine Stadt verlässt, verlässt man auch den Wirkungsbereich des weißen Mannes. Gegen Abend, kamen wir an einen Bachlauf. In der flachen Furt die zu durchfahren war, gluckste ein knöcheltiefes Rinnsal als Überbleibsel der letzten Regenzeit, seine entkräftete Existenz. Doch das Pferd weigerte sich auch nur noch einen einzigen Schritt vorwärts zu gehen. Es wollte einfach keine nassen Füße oder Hufe bekommen. Oder es war Nichtschwimmer und wollte sich auf keine unnötigen Risiken einlassen. Es beäugte stoisch stehend dieses ihm unheimliche Naturwunder. In seiner ganzen Droschken-Pferd-Laufbahn war ihm so etwas noch nie vorgekommen und hatte so etwas auch noch nie durchqueren müssen. Es stand im wahrsten Sinne vor einem Rätsel.

Nun wäre es das Beste gewesen, ihm bei der Findung der Antwort behilflich zu sein, da wir die Lösung ja bereits kannten. Bei diesem Vorgang hätten wir so behutsam vorzugehen sollen, dass das Pferd davon überzeugt gewesen wäre es habe selbst diese Aufgabe gemeistert.

Doch Rolf dachte nicht daran, als Pferdebesitzer und neuerdings als Kutscher auch noch als Kindermädchen oder Psychologe für ein eigensinniges Pferd sich umzubilden. Oder wie das Pferd vielleicht glaubte, es wäre jetzt ein in Pension gegangenes Droschkenpferd und wollte den Lebensabend beschaulich angehen. Er nahm die Zügel am Maul des Pferdes, hart in die Hand und zog und zerrte an der Trense, er schimpfte und fluchte dabei auf das Tier ein.

Als er merkte er könne kein fest stehendes und wie angewurzeltes Pferd von der Stelle ziehen, griff er zu anderen Mitteln. Mit der langen Droschkenkutscher-Peitsche, drosch er auf das Lebewesen ein. Wie von Sinnen, in einem Rausch von Aggressionen, tobte er seine Wut auf dem Rücken der geknechteten Kreatur aus.

Ihn anbrüllend versuchte ich nun in dieser Situation wieder Vernunft herzustellen. Erst als ich seine Geisel ergriff, beendete er sein Martyrium auf das Pferd. Sein Gesicht war rot gefärbt, seine Augen waren starr und aus ihrer natürlichen Lagerung hervorgetreten. Meine Erkenntnis in dieser Situation fand ein rasches Ergebnis, dieser Mensch war verrückt. Sich auf einem Stein setzend, sagte er, sollte doch ich einmal versuchen mit meinem Pferdeverstand diese Mähre vorwärts zu bewegen.

Das Pferd zitterte, das Fell war heiß und feucht.

Ich habe es dann mit der Hand abgerieben, getätschelt und habe mir seine Vorderhufe geben lassen, zuerst den einen danach den anderen. Dabei habe ich die Fesseln und die Gelenke vorsichtig gerieben. Dabei bemerkte ich, dass sich das Pferd beruhigte. Dann nahm ich das Halfter in die Hand und führte das Pferd vorwärts. Es ging sofort mit, bis alle seine vier Beine im Wasser standen. Dann hatte es wohl gemerkt, dass es das gar nicht wollte und war auch gleich wieder in seiner abgeklärten Versteinerung verharrt.

Jetzt fühlte sich Rolf erneut auf seine Peitschen-Lösung berufen und drosch mit seiner Peitsche wieder auf den Pferderücken ein. Das Pferd sprang daraufhin sofort aus dem Bach und ans Land auf die andere Seite des Wasserlaufes. Dieser Opportunist sagte anschließend triumphierend zu mir, „Siehst du, so wird das gemacht". Meine Meinung über diesen Menschen verfestigte sich ab jetzt, mit jeder neuen Tat die er vollbrachte. Seine Launenhaftigkeit und sein Verdruss, den er plötzlich an den Tag legte war mir eine neue Seite an ihm. Auch so wie er plötzlich mit mir redete. Er erschien mir immer mehr als der arme, verbohrte Mann zu sein, als der er sich neuerdings zu gebärden pflegte. Mir fielen wieder diese cholerischen Anfälle ein, mit denen er in der Küche des Campingplatzes seine Küchenmädchen bedachte. Auch seine Art zu reden hatte sich die letzten Stunden auf dem Kutschbock verändert. Meinen Entschluss hatte ich bereits getroffen, wenn er weiterhin so spinnt werde ich meine Sachen nehmen und einfach gehen. Für mich gab es keine Veranlassung, mich mit diesem Mann auseinander zu setzen. Es war mir sicher, wir würden uns bald streiten. Eine körperliche Auseinandersetzung wollte ich unbedingt vermeiden. Dass es so weit kommen könnte, schien mir fast vorhersehbar. Ich konnte diesen Schinder nicht tatenlos bei seinen Machenschaften beobachten.

Nach der Bachüberquerung war viel Tageszeit verstrichen, es dämmerte bereits der Abend.

Dieser Ort, an dem wir uns befanden bot sich als idealer Lagerplatz an, sogar für das Pferd war eine Wasserstelle vorhanden. Wir beschlossen uns für die Nacht an diesem Ort einzurichten. Ich sammelte Holz und machte ein Feuer. Rolf spannte das Pferd aus und führte es an den Bach, dort ließ er es stehen, wo es nach eigenem Wunsche saufen und Erdnussstroh fressen konnte, wann immer es wollte. Es konnte auch trockene Gräser finden. Ich fand diese Idee hervorragend, denn so konnte das Pferd sich selbst mit der natürlichen, ihm fremden Umgebung vertraut machen. Rolf war weise, er ließ das Pferd an einer langen Leine fast frei herumlaufen. Der Zorn der letzten Stunde war vergessen, wir genossen diese Cowboy-Film- Atmosphäre. Mit Pferd und Marlboro und mit brodelnder Suppe, auf dem Lagerfeuer. Als Koch hatte er einen schweren Kochtopf dabei. Aus

Gemüse und Kartoffeln mit einem Brühwürfel versehen, zauberte er eine schmackhafte Suppe. Die, in der Plastiktüte über den Tag aufgedunsenen Fladenbrote, legten wir auf heiße Steine nahe ans Feuer, um sie wieder zu rösten.

Am Lagerfeuer erzählten er mir Einzelheiten aus seinem Leben. Mir wurde dadurch klar, warum er nicht anders sein konnte als er war.

Zur Schlafenszeit machte ich mir aus meinem Schlafsack ein Bett, in der Nähe des Feuers. Ich schlief schon oft im Sand und war noch nie von Skorpionen, Spinnen oder Schlangen heimgesucht worden. Darüber wollte ich mir noch nie große Gedanken machen. Auch hier nicht, auch wenn es auf der anderen Seite der Sahara war, mitten in der Afrikanischen Wildnis. Denn sonst verliert sich die Nachtruhe in paranoide Wahnvorstellungen und die Nachtruhe ist dahin.

Und so wie ich es erwartet hatte, hatte sich am anderen Morgen keines dieser Viecher, als Mitschläfer in meinem Schlafsack eingenistet gehabt. Rolf hatte sich ein Feldbett zu seiner Ausrüstung besorgt und schlief darauf.

Nach der Morgentoilette am Bach, sammelte ich Holz und machte ein Feuer für den Kaffee. Rolf verfütterte an das Pferd wieder Erdnussstroh, Erdnussstroh ist das Kraftfutter Afrikanischer Pferde. Wir kochten uns dann Kaffee. Mit einem Französischen Espresso Kocher ausgerüstet, kann man selbst in der tiefsten Wildnis den Tag mit Frohsinn, nach dem Genuss eines guten Kaffees beginnen. Kaffeeliebhaber sollten solch ein Aluminiumgerät auf allen ihren Reisen mitführen. Es kostet sehr wenig, schenkt aber viel Freude. Zum Kaffee aßen wir wieder das Brot, am Feuer geröstet wie am Vorabend. Die Sonne schob sich so rot wie eine halbierte Wasser-Melone über den Horizont aus der Savanne heraus. Wir räumten unser Lager und verstauten unsere Sachen auf der Galesche, wie diese Art Pferdeanhänger auf Französisch genannt wird.

Beim Verladen der Sachen, stieß ich an den Futtersack des Pferdes. Der stand gedankenlos platziert, achtlos mitten hingestellt und kippte um. Ein Teil des Inhalts entleerte sich aus dem vollen Sack in den Sand. Gleich stellte ich den Sack wieder auf und klaubte die verschüttete Pferdenahrung wieder zurück.

Zuerst beobachte mich Rolf kommentarlos dabei, dann meinte der Koleriker er müßte seiner Krankheit wieder gerecht werden und fing zu lamentieren und brüllen an.

Ob ich nicht wüßte wie teuer Pferdefutter wäre?

Wie kann man nur so achtlos mit Lebendsmittel umgehen.., jetzt ist das ganze Pferdefutter voller Sand! Ich soll gefälligst besser aufpassen... So käme er nie nach Madagaskar... usw.

>Geh´ schließ die Kiste auf...<

Das waren die letzten Worte die ich an Rolf richtete.

Denn auf dem Pferdewagen war eine große, verschließbare Kiste angebracht in der ich meinen Rucksack verstaute und Rolf hatte schon das Vorhängeschloss der Kiste zugedrückt. Er schloss auf, ich nahm mein Gepäck und ging. Vor mir lag eine Wanderung von zwanzig oder dreisig Kilometern, durch den Busch. Mich bedrückte es schwer und ich machte mir Vorwürfe, jetzt war Rolf alleine mit dem Pferd in der Savanne. Anfangs dachte ich diese Gewissensbisse hingen damit zusammen da ich meinte ihn, Rolf im Stich gelassen zu haben.Hatte ich ihm doch versprochen, ihm bei seinen Start- und Anfangsproblemen zu helfen und nach dem ersten Tag hatte ich mich schon verdrückt.

Aber war ich denn sein Kindermädchen? Wenn der seine Launen ausleben will, dann werde ich sicher nicht seinen Prellbock spielen. Er war fünfundvierzig Jahren alt und alt genug um zu wissen was er machte.

Nein, mich bekümmerte wirklich nicht das Schicksal, das für

Rolf vorgesehen war. Dazu war ich noch zu wütend über sein herrisches Gebrülle.

Ja, es wurde mir klar, ich machte mir Sorgen um das Pferd. Es war mir als hatte ich es schutzlos Rolf ausgehändigt. Doch das Wandern war wohltuend.

Zwei Jahre später erzählte mir Martin, er hatte erfahren, Rolf wäre bei einem Streithändel in Togo in einer Bar erstochen worden. Alle Einzelheiten, wie er dorthin kam und worum es bei dem Streit ging, waren auch ihm unbekannt.

Er wußte auch nicht was aus dem Pferd geworden ist.

Ich orientierte mich nach meines Kompass. Ich hielt mich immer Richtung Nord-West, bis eine staubige Piste meine Route querte. Auf ihr trottete ich linker Hand weiter. Um die Mittagszeit traf ich auf eine geteere Verbindungsstrasse nach Dakar. Der folgte ich auch nach Links, da wir in einem Rechtsbogen Dakar umfahren hatten. Als ein Buschtaxi für mich anhielt, stieg ich ein. Nach einer Stunde Fahrzeit, konnte ich vor dem Champingplatz in Roufisk wieder aussteigen.

Auf dem Campingplatz traf ich als erstes Martin, der hatte eine gute Nachricht für mich. Gestern Abend kam einer der Autovermittler auf das Anwesen und ließ mir durch ihn diese Botschaft ausrichten: Er hätte einen Käufer für mein Auto. Martin sagte, dieser Deal wäre soweit perfekt.

Die Frau eines Belgischen Botschaftsangehörigen, möchte mein Auto haben. Der Vermittler hatte Martin seine Telefonnummer hinterlassen, damit könnte ich ihn erreichen wenn ich von meinem Ausflug zurück war.

Von einem der Mädchen lies ich mir ein Essen zubereiten. Die Köchin zeigte sich plötzlich in einer ungewohnt gelösten, ja, heiteren Stimmung. Ich schloss es daraus, weil Rolf der Diktator und Tyrann, der despotische Alleinherrscher aus seiner Küche, als ob sich die Erde geöffnet, er hineingefallen und die Erde sich wieder geschlossen hätte, er einfach daraus verschwunden und verpuffte. Es gab keine Hinweise mehr auf seinen früheres Wirken. Das Mädchen sagte zu mir, wie schön es ist von Rolf nicht mehr schikaniert zu werden.

Nach einem üppigen Tschibutschi, dem Senegealesischem Nationalgericht mit einer extra Pepperonie, weil alle in der Küche wußten, das ich diese so liebe, rief ich den Vermittler an um ein Treffen auszumachen. Der wollte dann abends vorbeikommen, dann könnten wir das Geschäft heute noch perfekt machen.

Morgen brächte er mir das Geld und wir würden zur Zollbehörde fahren, dort wird meinem Reisepass der Einfuhrstempel des Autos ausgetragen.

Und dann war ich Frei. Der finale Akt meiner Unternehmung entwickelte sich plötzlich rasend schnell. Das war in meinem Sinn, ich erhoffte diese Entwicklung schon seit zwei Wochen. Oft benötigt eine festgefahrene Situation nur eine kleine Änderung aus der Perspektive aus der man sie gewohnheitsmäßig zu lange schon resigniert betrachtete, um sich dann entwicheln zu können. Davon war Rolf auch überzeugt und hat mir diese Möglichkeit eingringlich vor Augen geführt.

Ein Zustand, der den Anschein gab in einem erstarrten Gefüge zu stecken, festgewurzelt und angebunden. Im schattigen Dämmerlicht abgewandt von Lebendigkeit und Bewegung, ich darin wie eingeschlafen und schien wie im Schatten, oder in einer Konservendose vergessen worden zu sein. Dann fiel plötzlich wieder neues Licht auf mich und eine Blume erblüht aus diesen alten bindenden Wurzeln wie nach einem langen Winter im Frühbeet. Meine langersehnte Gelegenheit, jetzt doch noch in den Flieger zu steigen und abzudüsen war da.

Ja, ich war absolut bereit mein Auto abzugeben. In den letzten fünf, sechs Wochen habe ich genug gesehen und

erlebt, mein Akku ist wieder aufgeladen. Mit Sonne, Wind,
Sand und Meer und Erlebnissen

Jetzt würde ich mein Autogeschäft zum Abschluss bringen,
ohne mir Gewissensbisse darüber machen zu müssen einen
armen Afrikaner übers Ohr gehauen zu haben, mit meiner
alten Blechkiste. Es hatte viel eher einen unmoralischen Reiz
für mich, einem Europäer mein altes Auto teuer verkauft zu
haben. Sehr teuer verkauft sogar, nach Europäischen
Automarktpreisen. Noch dazu habe ich viel gelernt, in der
lange Wartezeit auf dem Campingplatz. Nun sah ich diese
Zeit als so etwas wie eine theoretische Ausbildung, um mich
zu einem Afrika- Autoschieber zu schulen.

Es war mir leicht mich in die Französische Sprache
einzuleben und zu verstehen, was man zu mir sagte. Ich hatte
das Gefühl, dass die Leute mit denen ich zu tun hatte sich
Mühe gaben mir Französisch beizubringen damit sie mit mir
besser plaudern konnten, weil sie sich für mich interessierten.
Alle diese spektakulären Situationen, all diese
Schwierigkeiten die mich aus meinem eingefahrenen und
roboterhaften Alltagsgedanken entrückten, mir eine neue
Weltsicht verliehen. Auf dieser Reise erholte sich wieder
mein Selbstwertgefühl. Das Reisen bekräftigte mich damit
nicht gleich jede erste Schwierigkeit als eine unüberwindliche
Barriere oder als Existenzbedrohung hinzunehmen und
aufzugeben. Ich hatte mich in dieser kurzen Zeit unheimlich
weit von Begrffen wie Kranken- und Renten- Versicherung
entfernt, mich allen bürokratischen, gesellschaftlichen und
politischen Einflüsse auf ein Minnimun entledigt. Die warme,
afrikanische Sonne hatte diese feigen Sicherheitspuffer
einfach aus meiner Welt herausgeschmolzen als wären sie in
ranziger Butter eingelagert gewesen und einen
naturalistischen Anarchismus mir geschenkt.

Afrikaner führten mir vor Augen, wie Menschen gesund oder

krank, jung und alt sein konnten ohne all diesen Kram. Diese
kleine Änderung in meinem alten Sicherheitsdenken hatte
sich eingeleitet, hatte mich nach Afrika gebracht, in den
Senegal, auf die andere Seite der Sahara. Wie einen
Fortschritt, eine Weiterentwicklung, oder Rückentwicklung
in ein sorgloseres Dasein, schlich sich als Nebeneffekt in mir
ein. Fast als wär ich weiser oder wäre wieder so mutig wie
ein Kind geworden.

Am Abend kam der Zwischenhändler, ich pokerte den Preis
für das Auto auf 4200,-FF. Diese Summe war höher als ich
erwartete. Ich hatte für die alte Kiste ganze 1400,-DM
bekommen. Meine Rechnung ging auf, obwohl ich gar nicht
viel gerechnet hatte. Martin wollte 800,-FF haben, er machte
für mich einen Sonderpreis, weil ich sonst nicht mehr
nachhause käme, sagte er. Danke Martin.

Nach rechnen und überschlagen, kam ich zu dem Ergebnis,
dass mir nach dem Abzug der noch anfallenden,
unumgänglichen Rückreise-Kosten trotzdem noch 300,-DM
übrig bleiben würden, vom Autoerlös. Um noch mehr zu
erwirtschaften, bestellte ich eine Jambeé von Amadu, als
Handelsobjekt. Diese würde ich in Deutschland verkaufen.
Dadurch konnte ich zusätzlich noch einen extra
Hundertmarkschein als Erlös ansehen. Wenn ich zu Hause
sein werde, werde ich keinen Geldgewinn abzubuchen
haben, wie es nach einer langen Geschäftsreise üblich ist.
Sondern mir blieben nur die Erlebnisse die eine lange
siebenwöchige, phantastische Reise vorzuweisen hat, die mir
nichts gekostet haben wird, "all including". Mit vielen Leuten
werde ich Bekanntschaft geschlossen haben und hatte ein
Stück von Afrika gesehen. Auch Zuhause angekommen, war
ich immer noch wie ein Reisender, der immerzu in einer
munteren Aufbruch Stimmung sich fühlte. Mein Fernweh
hatte sich für die nächsten Jahre auf Afrika konzentriert, denn

dieser Kontinent wird dann in Zukunft meine zweite Adresse sein. Aber ohne feste Anschrift, weil ich dort dann nur immer auf Achse sein werde. Dorthin werde ich noch sieben mal reisen. Die nächsten Zweimal noch mit PKW´s. Anschließend werde ich fünf LKW nach Afrika bringen und werde sie mehr oder weniger gut an Afrikaner verkaufen. Es hieß zu dieser Zeit schon, dass die guten Zeiten der Autoschieber- Geschäfte nach Afrika vorbei wären. Davon merkte ich aber nichts. Denn in meinem neuen Lebendsabschnitt als Afrikafahrer und fliegender Händler werde ich ein exklusives Leben führen. So ein Leben, wie ich es immer schon leben wollte. So ein Leben, als wäre mein Film zu einer Serie geworden. Wobei ich mir manchmal dachte, hoffendlich wache ich nicht auf. Darin werde ich immer wieder nach Afrika reisen. Dorthin werde ich immer mit einem Fahrzeug als Handelsobjekt fahren und zurück nach Europa, werde ich immer fliegen. Ich werde von verschiedenen Afrikanischen Großstädten aus immer Paris anfliegen. Da die Flüge von Westafrika ausgehend, nach Paris, der Hauptstadt des ehemaligen Kolonialreiches am billigsten sein werden. Mit all diesen Rückreisen, bei denen ich Paris streifen werde, es treffen und manchmal als Reiseziel mit beinhalten, werden meiner Geschäftsgründung den Flair einer Weltmännischen Unternehmung geben.

Am nächsten Tag kam Hassan der Autotandler auf den Campingplatz und brachte wie er am Telefon schon sagte, das Geld fürs Auto mit. Dann fuhren wir mit meinem Auto zum Zollbüro, nach Dakar. In diesem Gebäude, lernte ich auch Madame Cloudin kennen. Sie würde die Nachbesitzerin meines Wagens sein. Wir konnten uns aber nicht richtig kennenlernen, es schien mir als wäre sie sehr in Eile. Ich konnte ihr nur die Hand schütteln, ihr den Fahrzeugschein und den Autoschlüssel übergeben. Sie füllte für mich die Zollerklärung aus, die bestätigte dass ich das Auto rechtmäßig verkauft hatte. Wir, Hassan der immer noch anwesend war und ich, verabschiedeten uns von Mdm. Cloudin auf dem Hof des Zollamtes. Sie brauchte keinen Einfuhrzoll begleichen, weil das Auto Belgisches Konsulats-Eigentum werden würde. Das wars, ich war frei wie ein Vogel und hatte sogar noch Geld in der Tasche. Geld, fast wie ein Grösus. Somit hatte der Senegalesische Zoll nur noch die Aufgabe mir den Einreisestempel für das Auto aus dem Reisepass zu entfernen.

Aus Unachtsamkeit und Nachlässigkeit, lies ich die Nummernschielder am Auto angeschraubt. Ich hatte einfach vergessen sie abzumachen. Als das Auto vom Hof der Zollbehörde verschwunden war, wurde mir klar, dass ich die Numerschielder in Deutschland zum Abmelden des Autos brauchen würde. _"Na ja," dachte ich mir, "Die von der Zulassungsstelle in Neuburg.., vielleicht haben die ja Verständnis für mich"? Vom Hafen in Dakar, wo sich das Zollamt befindet, zum "Place de Independence",war der Weg nicht weit. Nur aus dem Hafengelände heraus und links diesen steilen Berg hoch und schon war ich wieder in dem Geschäftsvirtel, mit den Nobelhotels und Luxusläden.

Dort sind die Büros der Fluggesellschaften um den Platz dekoriert, wie die Kirschen um eine Schwarzwälder Kirschtorte.Links um die Ecke befand sich auch die Kermelbar.
Im Büro der Air France schien es als erwarteten sie mich schon mit ihrer noblen Freundlichkeit, als ob sie lange gewartet, mich nun endlich Nachhause bringen konnten.
Für 2100 FF kaufte ich ihnen ein Flugticket nach Paris, in der Economy Class ab.

Den Abflugthermin legte ich auf den nächsten Tag, um acht Uhr morgens, oder eher um neun.

So konnte ich noch bei Amadu die Jambee abholen und in aller Ruhe mich von meinen Freunden verabschieden. Der Flug nach Paris dauerte nur fünf Stunden. Am frühen Nachmittag war ich dann in Paris angekommen und kümmerte mich um die Weiterreise mit dem Zug. Es ist auch schöner bei Tageslicht in einer Stadt anzukommen, denn ich wollte von Paris auch noch etwas sehen. Am Informationsschalter des Flugplatzes, "Charles de Gaul", bekam ich die Instruktion als Vorgehensweise, mit der Metro zuerst einmal zum "Gare de l'est" zu finden. von dort starten alle Züge die nach Deutschland fahren. Am Information Schalter sagte man mir auch, wenn ich mich beeile erreiche ich noch diesen einen Zug, der am Nachmittag abfährt. Der nächste gehe dann erst wieder am nächsten Morgen.

Im einsamen und Unterirdischen Verlies der Metro knackte ich nach einiger Zeit den Code für die Vorgehensweisen zur U-Bahn Benutzung in Paris.

Dort unten befanden sich etliche dunkelhäutige Menschen, die eindeutig aus Afrika stammten. Wäre ich in Afrika gewesen und hätte mich nicht ausgekannt, ich hätte sie einfach gefragt. Dort hätte ich von ihnen eine freundliche und sicher fürsorgliche Auskunft bekommmen. Doch hier in Europa ist die ganze Umgebung so unpersönlich und so steril wie in der Notaufnahme eines Krankenhauses und ihre Magie ist wie verpufft. Hier konnte ich sie einfach nicht fragen, meine sympatischen Brüder und Schwestern aus Afrika. Sie wirkten auch irgendwie verängstigt und fast mochte ich meinen, ein wenig blass trotz ihrer schwarzen Hautfarbe. Afrikaner werden auch heller ohne tropischer Sonne und Hitze, wurde mir gesagt, von Afrikaner. Mir erschien diese Vorstellung, bis dahin fast unglaubwürdig.

Vom Flugplatz, durch die grauen Vororte der französischen Hauptstadt, dann windet die Bahn sich ab dem Stadtgebiet in dessen Untergrund, in die Eingeweide des Großlebewesens, der Haupttadt der Franzosen.

Komisch, wie viele Menschen anderer Rassen und Herkunft in Paris anzutreffen sind, in der Metro traf ich die halbe Welt in einem einzigen Abteil an.

Am Bahnhof fand ich ein Bistro das am Eingang damit warb, vierundzwanzig Stunden geöffnet zu haben. Für mich war das eine glänzende Möglichkeit die Nacht in einem Pariser Bistro zu verbringen. Meinen Anschlusszug hatte ich verpasst, aber das machte mir nichts aus. Morgens um 4:30 Uhr fuhr der nächste Zug, der Paris über München mit Salzburg verbindet.

Mit regnerischen Abschnitten wartete das Wetter auf. In dieser nassen Kälte umarmte und wärmte mich die Gewißheit sobald wie möglich wieder in die Sonne auf- und auszubrechen. So schnell wie möglich dem kalten Griff und der eisigen Umklammerung wieder entfliehen und wieder in sonnige umd warme Gefelde entrücken.

Hier in Paris wollte ich noch mal schnell den Eiffelturm besuchen, dann den Montparrnasse besteigen und an der Seine flannieren. Am besten alles auf einmal. Und natürlch auch sofort ab in den Louvre. So, oder so ähnlich werde ich in Zukunft, in den nächsten zwei Jahren meine Zwischenstops in Paris gestalten. In Paris zu sein, nur um es auf der Liste der durch fahrenen Orte abzuhaken, oder blöd herum zu sitzen und dort die Zeit mit warten zu verbringen, dafür ist diese Stadt viel zu Schade. Das wäre absolute Paris-Verschwendung. Es ist auch keinem möglich durch diese Stadt zu eilen, nur um schnell das Transportmittel zu wechseln. Schnell vom Flieger in den Zug zu steigen, oder umgekehrt, ohne mit dieser Stadt eine Verbindung eingegangen zu sein und von dieser Stadt infiziert worden zu sein. Komischerweise kommen Flüge aus Afrika in Paris immer so an, dass sich eine sofortige anschließende Weiterreise mit dem Zug nach Deutschland nicht möglich machen läßt. Nur wer im perfekten timing alle Transportmittel wechselt, kommt ohne Verzögerung weiter. Vom Flugplatz zum Ostbahnhof eilen, die Beförderungsmittel tauschen, sowie die Stababgabe beim Staffellauf funktioniert. Bei einer einzigen Verzögerung, dann kommt man am Bahnhof an und der Zug ist weg.

Ja, die Franzosen, die hatten das für die Deutschen so geplant, das war offensichtlich ihre Absicht. In der Hoffnung wurde das so arrangiert, damit die Deutschen vom Pariser Flair angesteckt werden sollten. Das kann passierens, denn Paris ist sehr stark keimhaltig. Oder diese Piefke so schnell wie möglich wieder los zu sein, um sie abzuschieben.

Den schon nach dem kleinsten Aufenthat hat man sich den Keim für den nächsten Besuch eingefangen und man weiß schon, dort muß man wieder hin, eventuelle um sich das bereits Gesehene nochmal in Ruhe anzusehen. Aber beim nächsten Mal, will man dann viele andere Dinge zusätzlich sehen und wieder irrt man verloren, sich der Vielfalt nicht entscheiden zu können, herum wie ein Familienpapi beim Weihnachtseinkauf.

Es genügt schon im Bahnhofsviertel vom "Gare de l'est", eine Nacht herum zu hängen um dem Witz dieser Stadt hoffnungslos ausgeliefer zu sein. Eine ganze Nacht in einem Bistro verbringen, mit allem möglichen sich die Zeit totschlagen. Irgendwann schnappte ich mir mein Reisetagebuch und konnte gar nicht mehr aufhören zu schreiben. Dem alten Hemingway gings genauso. Und zwei Mal traten mir fremde an den Tisch und fragten kurz, wies mir so geht. In Frankreich heißt das schlicht und bündig, >cá va<. Und man kommt mit den komischten Leuten ins Gespäch und die dachen das Gleiche von mir. Die waren nur neugierig auf mich, auf diesen seltsamen Menschen, der mit einer Jambee im Bistro sitzt, und mit dem kleinen Wanderrucksack und blaue Flipp-Flopp an den Füssen, das im Winter. Nach der Haselnuss-Braunfärbung seines Gesichtes, hatte diese Wanderung auch schon länger gedauert. Dabei hatte ich das Gefühl, den Parisern war es langweilig und dann gingen sie zum `Gare de est´ um vielleicht interressante Leute zu treffen zum Sprechen und Plaudern. Und meine warmen Wollsocken hatte ich mir angezogen. Im Februar, allein mit Sandalen sandalt zu sein, da wird es sogar in Paris saukalt von unten her..

Es funktionierte hervorragend sich trotz Socken, in Flipp Flopp- Sandalen an dem Haltesteg der in den Zwischenraum zwischen des großen Zehen zum zweiten Zehen geschoben wird, den Schlapper festzuhalten. Landstreicher sind halt erfinderisch.

Diese Methode, trotz Socken den Schlapper mit den Zehen zu greifen, stammt von den alten Japanern. Dort gab und gibt es sogar die dafür spezellen Socken mit einem Extra- Fingerling für den Großen Zehen. Die Japaner haben das selber erfunden und vor langer Zeit einmal als Modern betrachtet. Oder, sie haben es sich auch von den Chinesen abgeschaut. Dann um 4 Uhr 30, startete mein Zug aus dem Bahnhof und der brachte mich über Strassbourg und Stuttgart nach Donauwörth. Den ich dort um neun oder zehn Uhr vormittags entstieg und fuhr dann mit einer Bummelbahn weiter Richtung Ingolstadt, wo ich auf halber Strecke dorthin, dann in meinem Heimatort ankam.

Wieder daheim, oder aus einem faszinierenden und phantastischen Abenteuerfilm, der in Afrika gedreht, gefallen und in einer ungemütlichen, dunstigen, grauen Realität, hart in kalter Februar-Eis-Temeratur aufgeschlagen, so hart wie auf dem heinischen Bahnsteig aus dem Zug gefallen und wieder ins dörflichen Milieu eingebrochen zu sein. Um mich so zu fühlen wie ein Stroch aus Afrika angereist, um zu merken, die Pfützen und Lachen sind noch vereist und nur die anderen, die ausgestopften Störche im Heimatkunde-Museum ausgestellt, sind da geblieben und anzutreffen. So fühlte ich mich. Was hatte ich hier noch zu suchen_ Ja, meine Kinder und meine Mama. Und auf diese drei Leute freute ich mich ganz besonders.

Auf dem Nachhauseweg war es plötzlich wieder da, jenes ungute Gefühl, das ich kannte aber schon lange nicht mehr bemerkte. Scham_ Warum fühlte ich mich plötzlich so unsicher? In diesen Klamotten hatte ich doch die verwegensten Situationen gemeistert. In diesem Aufzug fühlte ich mich in den Großstädten Dakar und selbst auch in Paris glänzend angezogen. Warum hatte ich es auch zugelassen so ein haselnussbraunes Gesicht zu bekommen und so ausgebleichte Haare. Herumzulaufen wie ein Filmstar und das inmitten dieser kellerassel- grauen, braven Sparer. Denn sie sparen sich auf, für was nur? Warum fühlte ich mich jetzt imaginären Blicken ausgesetzt und davon fast wie gelöchert? Obwohl nirgens eine Menschenseele zu sehen war. In diesem Kuhkaff inszeniert man wohl gerade "Zwölf Uhr Mittags" mit mir. Keiner auf der Strasse und die Windböen lassen Staubhosen und Rollgrass Büschel miteinander tanzen... Wieder ein Film in meinem Film.

Jetzt ist es soweit, beim "Showdown" verliert der Held die Nerven. 6000 Km mit dem Auto absolviert, bei der Wüsten-Etappe die Häme der Schwaben wie Regen ertragen. Die langen drei Wochen auf dem Campingplatz durchgestanden, dabei hatte ich doch einen stoischen Gleichmut entwickelt, fast schon ein Zen- Buddistisches- Leck- Mich- am- Arsch-

Gefühl.

Aber soll doch jemand denken was er will, da wo ich herkomme da war ich immer zur rechten Zeit am rechten Ort und stets den Umständen perfekt gekleidet_ Also.

Hätte ich mir eine Tafel machen sollen und mir um den Hals hängen worauf stand, meine guten Gorotex- Wanderstiefel hat sich einer im Afrikanischen Busch genommen, der glaubte wohl sie besser gebrauchen zu können als ich, oder? Meine Mutter aber freute sich ungemein als sie mich sah und fand es saukomisch wie ich rumlaufe. Denn Humor ist eine genetische Veranlagung und Humorlosigkeit tritt meist auch nicht regional auf.